LES

NOELS DE SAMSON BEDOUIN

MOINE

DE L'ABBAYE DE LA COUTURE DU MANS

DE 1526 A 1563

PRÉCÉDÉS D'UNE

ÉTUDE SUR LES RECUEILS DE NOELS MANCEAUX DU XVIe SIÈCLE

PAR

HENRI CHARDON

Président de la Société d'Agriculture, Sciences et Arts de la Sarthe
Membre du Conseil général
Ancien élève de l'École des Chartes

LE MANS

IMPRIMERIE EDMOND MONNOYER

MDCCCLXXIV

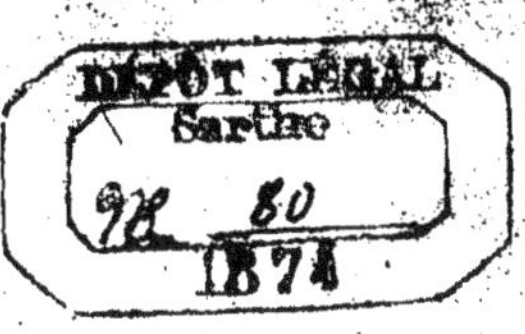

NOELS
DE FRÈRE SAMSON BEDOUIN

MOINE DE L'ABBAYE DE LA COUTURE DU MANS

Tiré à 50 exemplaires

(Extrait du *Bulletin de la Société d'Agriculture, Sciences et Arts de la Sarthe.*)

LES

NOELS DE SAMSON BEDOUIN

MOINE

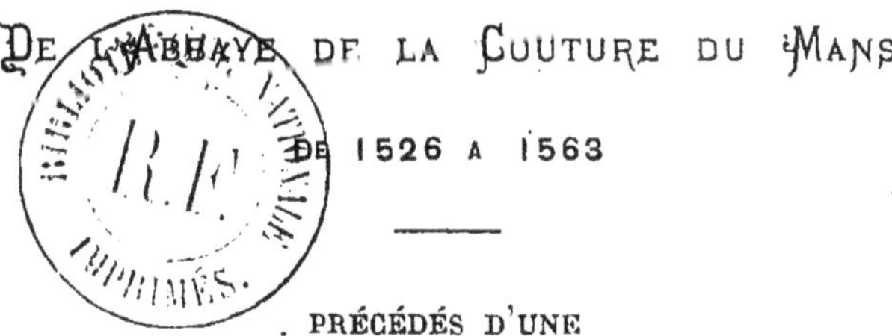

DE L'ABBAYE DE LA COUTURE DU MANS

DE 1526 A 1563

PRÉCÉDÉS D'UNE

ÉTUDE SUR LES RECUEILS DE NOELS MANCEAUX DU XVIe SIÈCLE

PAR

HENRI CHARDON

Président de la Société d'Agriculture, Sciences et Arts de la Sarthe
Membre du Conseil général
Ancien élève de l'École des Chartes

LE MANS

IMPRIMERIE EDMOND MONNOYER

MDCCCLXXIV

ÉTUDE

SUR LES

NOELS DE FRÈRE SAMSON BEDOUIN

ET

LES RECUEILS DE NOELS MANCEAUX

DU XVIe SIÈCLE

Les Noëls du commencement du XVIe siècle ayant un nom d'auteur sont fort rares. Après ceux de Me Lucas Le Moigne, curé de Notre-Dame-du-Puy-la-Garde, sur les confins de l'Anjou et du Poitou, qu'a fait connaître dans le monde des bibliophiles M. le baron Pichon, on peut citer, pour ce qui regarde la région comprise entre la Seine et la Loire, ceux de Jean Daniel, dit maître Mitou, organiste de Saint-Maurice et chapelain de l'église Saint-Pierre-d'Angers, que j'ai publiés récemment, en les accompagnant d'une longue notice sur la vie et les autres poésies de cet auteur trop longtemps inconnu ; ceux enfin de Crestot, prêtre de *Chastres* ou de Montlhéry, dont j'ai aussi exhumé le nom dans la même étude. La plupart des autres Noëls de cette époque sont anonymes. Si La Croix du Maine indique quelques noms d'auteurs de ces pieuses poésies, ils ne se rapportent le plus souvent qu'à la seconde moitié du siècle ; malheureusement aussi, les œuvres de ces humbles rapsodes ne sont guère venues jusqu'à nous, soumises qu'elles étaient à de nombreuses chances de destruction (1).

Parmi les auteurs de Noëls manuscrits ou imprimés dont La Croix du Maine a daigné conserver le souvenir, on remarque surtout les noms de Manceaux ses compatriotes, à qui il a bien voulu faire la gracieuseté de les mentionner à cause de cette communauté d'origine. Je citerai Macé de Vaucelles, le poëte-libraire, d'aucuns disent même imprimeur; André Meslé, de Laval; Michel Bourrée, sieur de la Porte; l'érudit Jean Lefrère; Claude Nail; l'abbé de Saint-Vincent Ravau Gibon; l'avocat Pierre Olivier du Bouchet, de La Suze; Guy Pageau; le cordelier de Laval Jean Triguel; le curé de la Couture René Flacé, etc., etc. Mais où trouver les Noëls de tout cet essaim de poëtes provinciaux dont les chants étaient, pour ainsi dire, autant d'armes pacifiques contre les huguenots? A part ceux de Vaucelles, La Croix du Maine les dit imprimés soit à Angers, soit au Mans chez Hiérôme Olivier, le seul imprimeur resté dans cette ville après la fuite des réformés en 1562. Y a-t-il quelques-uns de ces recueils qui aient survécu? Ont-ils été cités parfois comme ayant fait partie des cabinets des bibliophiles de ce siècle et du précédent?

Pour ma part, je ne connais que les Noëls de Jean Triguel dont l'existence ait été constatée à la fin du XVIIIe siècle; encore ne s'agit-il pas de l'édition du Mans de 1565 signalée par La Croix du Maine. Le Catalogue du duc de La Vallière indique, à son numéro 13857, le *Recueil des viels et nouveaux cantiques à l'honneur de l'advènement de J.-C. en ce monde,*

(1) Parmi les auteurs du temps de François Ier dont les Noëls sont encore aujourd'hui connus, j'indiquerai Barthélemy Aneau dont le recueil imprimé à Lyon, comme ses autres œuvres, est de 1539, et la sœur du roi elle-même, la célèbre Marguerite, duchesse d'Alençon et reine de Navarre, qui dans ses *Marguerites de la Marguerite des princesses* a joint quelques chants de noël et chansons spirituelles aux *Comédies* de sainteté et autres poésies qui font partie de ce curieux ouvrage. Voir f°s 223 et 258, verso, de l'édition de 1552 de Benoist Prevost.

par divers auteurs, et autres Noëls et Cantiques par R. P. Jean Triguel. Paris, Bonfons, sans date, in-12. Il est probable que les pieuses poésies des autres auteurs mentionnés par La Croix du Maine, si elles existent encore, sont confondues parmi les Noëls anonymes, soit des recueils manceaux rarissimes qui ont survécu, soit des bibles de Noëls qu'Hernault fit imprimer en si grand nombre à Angers depuis 1582.

J'oubliais de citer les Noëls d'un Manceau du XVIe siècle, dont la verve semble avoir eu un goût de terroir tout spécial, et dont la perte peut être regardée comme la plus regrettable. Je veux parler de Samson Bedouin, à qui La Croix du Maine a consacré une notice assez détaillée.

Voici dans quels termes il a parlé de lui dans sa *Bibliothèque françoise :*

« F. Samson Bédouin, religieux en l'abbaye de la Cousture près Le Mans, natif du pays et comté du Maine. Il a écrit un petit livre qu'il a intitulé les *Ordonnances et statuts de M. de l'Aflac et du jeu du Trois*, imprimé au Mans, par Hiérosme Olivier, l'an 1565. Il a composé plusieurs chansons, et entre autres la *Réplique sur les chansons des Nuciens ou Nutois*, qui autrement sont appelez ceux de Nuz au bas pays du Maine, imprimées au Mans par ledit Olivier. Il a escrit plusieurs *Tragédies*, *Comédies* et *Moralitez* et quelques coq-à-l'asne et autres semblables satyres, lesquelles il faisait jouer par les lieux publics de la ville et faux bourgs du Mans par aucuns escoliers de ladite ville. IL A ESCRIT PLUSIEURS CANTIQUES ET NOELS, IMPRIMÉS AU MANS PAR MACÉ VAUCELLES ET AUTRES. Il a recueilli et compilé le *Catalogue des paroisses du Maine*, imprimé au Mans. Il mourut en ladite abbaye de la Cousture, l'an 1563 ou environ. »

Il y a là de quoi affriander les lecteurs et les inviter à retrouver quelques vestiges de cette physionomie aussi curieuse qu'originale, quelques échantillons des chants religieux ou profanes de ce gai moine de l'abbaye de la Couture, contemporain de Rabelais et de Marguerite de Navarre. Malheureusement, depuis La Croix du Maine, ceux qui se sont préoccupés de Samson Bedouin, n'ont fait que reproduire ou paraphraser la notice de la *Bibliothèque françoise*, sans fournir aucun renseignement nouveau sur la personne et les ouvrages imprimés ou manuscrits du bénédictin manceau (1).

Seul M. Hauréau (*Histoire littéraire du Maine*) a donné, d'après le manuscrit de la Bibliothèque du Mans qui contient les actes de professions de l'abbaye de la Couture, la date de l'entrée de S. Bedouin chez les moines de cette abbaye où il fit profession le 12 janvier 1526 (nouveau style), ce qui permet d'apprécier d'une façon plus précise le temps de son existence et sa période d'influence dans la province (2). Mais le savant membre de l'Institut, même dans la deuxième édition toute récente de son *Histoire littéraire du Maine*, dit qu'il ne connaît que le titre des divers écrits attribués à Samson Bedouin. On sait que M. Hauréau a été successivement attaché à la bibliothèque du Mans et à celle de la rue Richelieu où il y avait le plus de chance de les découvrir. Si donc l'ancien conservateur de la Bibliothèque nationale n'a pu parvenir à les rencontrer, on pourrait se considérer comme en droit de croire qu'ils ne sont pas venus jusqu'à nous, et qu'il ne reste plus qu'à faire son deuil de cette perte bien regrettable pour l'histoire littéraire du Maine.

(1) Voir : Lepaige, *Dictionnaire de Maine*, t. II, p. 47 ; Ansart, *Bibliothèque littéraire du Maine* ; Desportes, *Bibliographie du Maine ;* Pesche, *Biographie ; Province du Maine*, 1845, n° 50, et *Semaine du Fidèle*, t. VI, p. 387 ; Dom Piolin, *Histoire de l'Église du Mans*, t. V, p. 345, etc.

(2) « Ego fratrer Samson Bedouyn, acolyta, promitto stabilitatem meam et conversionem morum meorum et obedientiam secundum regulam sancti Benedicti, coram Deo et omnibus sanctis, in hoc cœnobio sancti Petri de Cultura, in presentia fratris Renati des Escotais, prioris claustralis ac vicarii reverendissimi in Christo patris ac domini, domini Martini, Turonensis archiepiscopi ac hujus monasterii abbatis, perenniter conservandam. Teste signo meo manuali, hic apposito, die duodecimo mensis januarii anno Dom, millesimo quingentesimo vigesimo quinto. S. Bedouyn. » Manuscrit du Mans, n° 96, folio xxx, verso, cité par M. Hauréau, *Histoire littéraire du Maine*, 2e édition, t. II, p. 61.

Eh bien ! non ; malgré ces fâcheuses apparences, il ne faut pas renoncer à voir Samson Bedouin opérer sa résurrection. Le joyeux moine n'est pas mort tout entier, ses œuvres n'ont pas complètement péri. Voici du moins ses Noëls que j'ai eu la chance heureuse de retrouver. Je m'empresse d'ouvrir les mains pour faire jouir de cette découverte ceux qui, comme moi, s'intéressent à ces pieuses poésies populaires de l'ancienne France.

Si les Noëls de Samson Bedouin, quant à l'apparence du moins, ne nous avaient pas été conservés par l'imprimerie (1), ils nous ont en revanche été transmis par des manuscrits, soumis à moins de chances de ruine que de minces plaquettes incessamment feuilletées par des mains bien différentes de celles des bibliophiles. Demeurés obscurs et tranquilles pendant deux siècles, sur les rayons de riches et d'hospitalières bibliothèques, je les ai retrouvés au cabinet des manuscrits de la rue Richelieu, en suivant à la piste les Noëls de Jean Daniel.

On ne s'est pas assez préoccupé jusqu'à ce jour des manuscrits de Noëls. J'ai montré récemment, dans une étude sur Jean Daniel, tout l'intérêt que présentent ceux qui sont antérieurs aux recueils imprimés. Bien qu'infiniment moins intéressants, ceux qui sont venus plus tard, ceux, du moins, qui ont précédé le XVIIe siècle, ne laissent pas que d'avoir aussi leur utilité, par suite soit des noms d'auteurs qu'ils nous révèlent, soit de l'hospitalité qu'ils ont donnée à des chants que les presses locales cessèrent de bonne heure de réimprimer, et dont les éditions originales n'ont pas su résister à l'œuvre destructive des hommes et du temps.

A la fin du XVIe siècle, un religieux du Maine s'avisa de coucher par écrit les Noëls les plus populaires de son temps

(1) Je dis que ce n'est qu'en apparence que l'imprimerie ne nous a pas conservé les Noëls de Bedouin ; car on verra plus loin qu'on en trouve un certain nombre parmi les Noëls anonymes des recueils manceaux imprimés au XVIe siècle et venus jusqu'à nous.

dans sa province, et de les réunir dans un manuscrit grand in-8° de 243 feuillets, faisant aujourd'hui partie de la Bibliothèque nationale, F. Fr. 14983 (anc. supp. Fr. 1303) et provenant la bibliothèque du duc de La Vallière.

Ce volumineux manuscrit contient précisément les Noëls de Samson Bedouin. Il est intitulé : *Recueil de vieulx et nouveaulz Noels recuilliz par frère Jehan de Villegontier, presbtre, religieux profès de l'abbaye de la Coulture, prieur de Saint-Saulveur près Fresnay.*

Nul n'était en meilleure position que Jehan de Villegontier pour conserver le souvenir et l'œuvre du moine de la Couture, puisqu'il était religieux de la même abbaye, et qu'il avait fort bien connu l'auteur de ces Noëls, le seul, ne l'oublions pas, dont il nous ait conservé le nom dans tout son recueil. Les renseignements que je vais rapidement donner sur son compte, ne permettent pas, en effet, de douter un seul instant des rapports qu'eurent ensemble les deux religieux.

Samson Bedouin ne mourut à la Couture que vers 1563, et Jehan de Villegontier devenait moine profès dans la même abbaye, le 9 septembre 1556, ainsi que le démontre son acte de profession inédit, qui se trouve dans le manuscrit 96 de la Bibliothèque du Mans, folio 41, verso (1).

Son recueil me semble toutefois bien postérieur à cette date ; car il s'y intitule prieur de Saint-Saulveur près Fresnay, et ce n'est que dans les dernières années du XVIe siècle qu'il est devenu titulaire de ce prieuré, s'il faut en croire un procès-verbal inédit de la visite de ce bénéfice que faisait,

(1) « Ego frater Johannes de Villegontier, clericus turonensis diœcesis, promitto stabilitatem meam et obedientiam ac conversionem morum meorum, secundum regulam sancti Benedicti, coram Deo et sanctis ejus, in hoc cenobio Sancti Petri de Cultura, in presentia venerabilis ac religiosi viri fratris Alani Flotte, prioris claustralis ac vicarii generalis reverendi in Christo patris et domini, domini Nicholay Fumée, abbatis commendatoris predicti cenobii, perenniter observandam. Teste signo meo manuali, hic apposito, die nona mensis septembris, anno Domini millesimo quingentesimo quinquagesimo sexto. J. VILLEGONTIER. » (*Avec paraphe.*)

en 1599, l'évêque du Mans, Claude d'Angennes de Rambouillet (1). »

« Le lundi XI octobre 1599, ayant célébré la sainte messe en l'église paroissiale de Fresnay, cependant que y conferrions le sainct sacrement de confirmation avons envoyé Maître Jehan Trouillard, chanoine du Mans, en présence de notre secrétaire, visiter le prieuré Saint-Saulveur (2), la chapelle Saint-Jehan, situés au forbourg dudit Fresnay et le prieuré du chasteau dudit lieu. Lesquels nous ont rapporté audit prieuré de Saint-Saulveur le pignon de devant estre entrouvert et menacer ruyne s'il n'y est en bref donné remède. Quant au reste est en assez bonne réparation et orné suffisamment. Sur l'autel il y a des nappes, une chasuble, aulbe, amict, calice d'estain, corporalier et ce qui est nécessaire pour dire la messe. Ledit prieuré doit deux messes par semaine qui sont acquittées par maître Richardet, prebtre de la paroisse Saint-Ouen-de-Mimbré. Les maisons et granges du prieuré en assez bonne réparation. Le revenu d'icelui estimé valoir cinq cens livres de rente pour le moins, et s'est trouvé honorable homme Guillaume Sevin, fermier dudit prieuré, lequel a dict le service estre bien acquitté. Le frère *Jehan de Villegontier est pourveu de cest prieuré quatre ans sont* et en faict de service cinq cens soixante et seize livres et acquite le service. En dépendent trois metayries situées, l'une appelée le Bois-Boullay en Coulombiers, l'autre appelée Beau-Manteau en Fyé, et la tierce

(1) Jehan de Villegontier avait été antérieurement prieur du prieuré de Saint-Mars-sous-Ballon. Voir aux Archives de la Sarthe, *Registre des insinuations* de 1560 à 1561, G. 339, l'enregistrement d'une signature apostolique qui lui confère ce prieuré. En 1562 on trouve dans le registre suivant la collation du prieuré de Saint-Saulveur de Fresnay à frère Guillaume Gorgiart, par l'un des vicaires de l'abbé de la Couture. Peu de temps après la fuite des huguenots du Mans, en juillet 1562, frère René Loriot, religieux profès de la Couture, prend possession du prieuré de Saint-Saulveur, et Jehan de Villegontier, quelques mois plus tard, prend possession de celui de Solesmes.

(2) Le prieuré de Saint-Saulveur, de peu d'importance, situé hors de la ville de Fresnay, sur la rive gauche de la Sarthe, dépendait de l'office de pitancier de la Couture, et fut réuni à la mense commune de l'abbaye, le 5 juin 1611, probablement à la suite de la mort de Jehan de Villegontier. Voir *Registre des insinuations*, G. 354.

appelée la Moynerie en Saint-Victeur. Ledit fermier obligé de tenir cestes metayries en réparations (1). »

On voit quelle période comprend l'existence de frère Jehan de Villegontier, et l'on est à même d'apprécier que les Noëls qu'il rassembla durent être fort certainement tous ceux qui étaient populaires autour de lui dans la seconde moitié du XVIe siècle. Parmi eux, dix-huit portent en tête ou à la fin le nom de frère Samson Bedouin, dont les Noëls étaient restés introuvables jusqu'alors.

On peut s'étonner que ce manuscrit soit resté si longtemps inexploré, et qu'il n'ait pas livré plus tôt le secret du nom de frère Samson Bedouin, qui y était demeuré enseveli jusqu'à ce jour.

Le recueil du prieur de Saint-Saulveur n'avait cependant pas complétement échappé à tous les yeux ; on y avait même relevé le nom de frère Samson Bedouin, mais en le défigurant, en l'écorchant, et sans rien connaître du personnage réel auquel il se rapportait.

Dans une notice consacrée aux Noëls dans l'ancienne *Revue de Paris*, par M. Ferdinand Denis, et qui est une des premières pages où l'on ait commencé à apprécier à leur valeur ces poésies si longtemps frappées d'un injuste dédain, nous lisons en effet :

« On voit dans un curieux manuscrit de la Bibliothèque royale combien les formes du noël étaient variées dès cette époque (du

(1) J'ai cité intégralement cet extrait des visites de l'évêque Claude d'Angennes pour montrer leur intérêt pour l'histoire; rien ne fait mieux connaître l'état déplorable de nos églises après les interminables guerres de la Réforme et de la Ligue depuis 1562. Voir Dom Briant, *Collectanea Cenomanensia*, Bibliothèque nationale, Manuscrit latin, 10038, f° 122.

J'ajoute aussi comme supplément de date au manuscrit de Jean de Villegontier, qu'on y trouve vers la fin quelques poésies du chanoine manceau Toussaint Leroy, dont les Noëls furent successivement imprimés de 1579 à 1615.

seizième siècle) ; et il paraît que l'humble rapsode auquel on devait le recueil le plus considérable et le plus ancien, était un prêtre nommé Jehan de Villegontier, prieur de Saint-Sauveur, près Fresnay. A en juger par une courte note, l'Homère inconnu, le barde modeste auquel on devrait attribuer la plus grande partie de ces noëls primitifs, serait un certain *F. J. Bodoin*, et il aurait composé ces paroles religieuses pour plusieurs airs en vogue du fameux Josquim Desprès, l'organiste de Charles IX, le roi à la poésie sanglante (1). »

En écrivant ces lignes, M. Ferdinand Denis ne faisait que résumer, mais avec assez peu d'exactitude, ce qu'il avait lu ou cru lire sur des feuilles de garde du manuscrit de Jean de Villegontier, et d'un autre manuscrit de Noëls bien précieux par les curieuses miniatures qu'il renferme et qui fut colligé et composé à la même époque, de 1592 à 1595, ainsi que l'indiquent plusieurs fois ces dates au bas des chansons. (Manuscrits de la Bibliothèque nationale, F. Fr., n° 24407, autrefois n° 3219 fonds La Vallière) — (2).

Ces deux manuscrits proviennent tous deux également de la bibliothèque du duc de La Vallière ; car la note placée en

(1) Trompé sans doute par cet article de M. Ferdinand Denis, M. Rathery a aussi rangé *Jehan Boduin* parmi ceux qu'il appelle les premiers auteurs des Noëls connus, à côté d'Adam de la Halle, Michel Pourcée (mentionné par l'abbé de Mervesin, *Histoire de la poésie française*, 1706, in-12, p. 126), André Meslé de Laval, Christophe de Bordeaux. (*Moniteur*, 23 avril 1853.)

(2) Ce manuscrit de 133 feuillets in-folio, contient 48 Noëls seulement. La plupart de ces Noëls ont en tête l'époque à laquelle ils ont été copiés, 1592-1595 (qui n'est pas, comme on a pu le croire autrefois, la date de leur composition). Ils se terminent par la table des chansons et celle des miniatures, à date certaine, qui y figurent en nombre égal.

Ce sont les curieuses miniatures (trop réalistes cependant) de ce manuscrit, restées inconnues jusqu'à ce jour, et les merveilles de calligraphie de ses lettres initiales, de ses rubriques, de ses têtes de page (occupant les trois quarts du volume) qui en font surtout l'intérêt. Il est établi avec un luxe artistique qu'on ne s'attendait pas à rencontrer dans un recueil de Noëls. L'artiste a reproduit les principales scènes de l'Ancien et du Nouveau Testament.

tête du manuscrit à miniatures est du duc de La Vallière lui-même ou de son bibliothécaire, l'abbé Rives (1), et on y lit que l'auteur de cette note possède dans son cabinet le manuscrit de Jehan de Villegontier.

Les remarques inscrites au commencement de ce dernier recueil sont plus récentes ; elles ont été écrites sous le premier Empire, probablement par un des conservateurs de la Bibliothèque impériale, contemporain de Van-Praet, connaissant bien l'autre manuscrit du duc de La Vallière, et le curieux mais malheureusement presque unique recueil gothique de Noëls imprimés que possède cette bibliothèque.

La note du duc de La Vallière dit que les airs des Noëls de son manuscrit sont des musiciens en vogue vers la moitié du XVIe siècle, que plusieurs ont été composés par Me Josquin Després, organiste de Charles IX, Goudimel et d'autres ; qu'une partie d'entre eux se trouvent dans des recueils gothiques imprimés qu'il possède dans sa bibliothèque ; qu'enfin il a dans son cabinet un manuscrit contenant un recueil de Noëls formé par frère Jehan de Villegontier, prieur de Saint-Saulveur, près Fresnay, qui lui paraissent écrits vers le milieu du XVIe siècle et avoir été faits pour la plupart par un nommé *F. S. Bodouin*.

L'auteur de la note du recueil de Jehan de Villegontier dit qu'il a marqué les Noëls qui sont communs aux deux manuscrits, qu'ils ont été imprimés pour la plupart par Jehan Bonfons en 15... (voir le recueil imprimé de la Bibliothèque impériale, Y 6088), que quelques-uns ont été composés par *Y. L. Cresto*, prêtre, et d'autres par Jehan *Danielle*, organiste, et par *F. S. Bodouin*.

C'est dans ces remarques que M. F. Denis avait puisé les matériaux des assertions erronées qu'il avance, tant à l'égard

(1) M. F. Denis a cru la note émanée de l'abbé Rives. La signature R avec un paraphe l'a sans doute conduit assez naturellement à cette présomption. Cependant la note ne semble pas être de l'écriture si caractéristique du mordant bibliographe.

de Jehan de Villegontier, qui ne fut qu'un simple copiste relativement bien moderne (1), que de F. J. Bodoin dont il s'empressait de surfaire la réputation et de défigurer les noms, prénoms et qualités (2).

On trouvera plus loin, tirés du recueil de Jehan de Villegontier, les dix-huit Noëls, au bas ou au haut desquels on lit le nom de F. S. Samson Bedouin, avec les airs et l'indication du feuillet où on les rencontre dans le manuscrit.

La reconnaissance des Noëls de Samson Bedouin une fois opérée dans la compilation de J. de Villegontier, il me restait à rechercher si les poésies de cet auteur désormais connu, ne se trouvaient pas confondues au milieu des Noëls anonymes imprimés que nous a légués en si grand nombre le xvie siècle, et tout spécialement parmi les Noëls manceaux de cette époque. Les Noëls du religieux de la Couture, indépendamment de l'allégation de La Croix du Maine, poussaient eux-mêmes à cette recherche, plusieurs faisant allusion à des imprimeurs du Mans, Gaignot ou Olivier, qu'ils mettent en scène.

Malheureusement les recueils de Noëls manceaux du xvie siècle sont des plus rares, et le champ des recherches se trouve forcément bien limité.

Le seul recueil que je connaisse, est un précieux volume de la Bibliothèque du Mans, provenant précisément de cette abbaye de la Couture, dont étaient moines Samson Bedouin

(1) On sait en effet que, sans parler des *Chants Royaux*, il y a des recueils manuscrits de Noëls déjà considérables à la fin du xve siècle et surtout aux premières années du xvie. Voir les manuscrits que j'ai cités dans mon édition des Noëls de Jean Daniel et y ajouter le manuscrit 2041 Fr. de la Bibliothèque nationale, *Livre de Receptes*, qui contient un noël à la fin. Les volumineux recueils imprimés de Bonfons et bien d'autres ont aussi précédé le recueil manuscrit de J. de Villegontier.

(2) Les auteurs des deux notes s'étaient bornés à changer en *Bodouin* le nom inconnu pour eux, que Jehan de Villegontier a cependant toujours écrit Bedouin, *F. Sanson Bedouin*, *Bedouyn*, comme il était si facile de s'en assurer.

et J. de Villegontier (1). C'est de lui que j'ai récemment tiré les Noëls de Jean Daniel, dit maître Mitou.

Jusqu'à présent il n'a encore été décrit par aucun bibliophile, pas même par Brunet, malgré l'intérêt que présentent les recueils rarissimes de Noëls qu'il contient, et la nécessité de se rendre bien compte des matériaux qui le composent.

Ce volume, petit in-8 gothique, tout rempli de Noëls, loin d'être composé d'un seul recueil de ces chants si populaires au XVIᵉ siècle, est formé (je suis le premier à le révéler) de neuf recueils différents, dont plusieurs sont malheureusement incomplets, n'ont ni titre, ni lieu, ni date, ni commencement ni fin, et ne peuvent être distingués qu'à l'aide des signatures de ceux qui les précèdent ou qui les suivent, sans parler des transpositions de feuillets opérées malencontreusement pour rendre encore ce dédale souvent plus inextricable. La description de cette précieuse épave, indépendamment de son intérêt bibliographique, est indispensable à l'histoire des Noëls manceaux et à la recherche de l'œuvre de Samson Bedouin. J'espère que les bibliophiles voudront bien la suivre, habitués qu'ils sont à l'aridité et à la minutie des détails.

Le premier recueil du volume de Noëls gothiques de la bibliothèque du Mans, le seul aussi qui soit complet, comprend les *Noelz par le conte d'Alsinoys présentez à Madamoyselle sa Valentine*. C'est un volume in-8° gothique comprenant quatre cahiers ou seize feuillets de vingt-cinq lignes par page, avec signatures. Le titre que je viens de citer, la table des chansons, et *le dizain au détracteur* par le comte d'Alsinoys, occupent le premier feuillet. Le titre, le dizain, *l'argument* de deux Noëls, c'est-à-dire le thème sur lequel ils sont

(1) On m'en a cependant signalé d'autres comme devant se trouver dans le cabinet d'un amateur de Toulouse. — *Les Cantiques et Noels du Mans*, gothiques, indiqués dans le *Bulletin du Bibliophile* de 1850, p. 892, comme achetés 120 fr. par M. Cigongne à la vente Maréchal, doivent être le nº 1294 du catalogue Cigongne, dont je parlerai plus loin, et n'appartiennent qu'au commencement du XVIIᵉ siècle.

composés et qui est emprunté aux livres saints, sont seuls en caractères romains. Les initiales de chaque chanson, à part une, sont des lettres fleuries, et, sauf une aussi, appartiennent au même alphabet. Les Noëls sont au nombre de dix ; on lit à la fin : *Cy finissent les Noels nouveaulz composez par le conte d'Alsinoys, pour lan mil cinq cens quarante-cinq.*

Je n'insiste pas sur le contenu de cette édition des Noëls de Denisot, le célèbre comte d'Alsinoys, une réimpression à cinquante exemplaires en ayant été publiée au Mans en 1847, sur papier de Hollande, chez A. Lanier, par les soins de M. de Clinchamp, avec le concours de M. R. de Montesson. Malheureusement ces bibliophiles ne fournirent ni renseignement sur Denisot, ni la moindre notice bibliographique sur le recueil qu'ils rééditaient. Cependant cette édition était donnée d'après l'imprimé de la Bibliothèque du Mans, comme le prouvent, surabondamment du reste, les Noëls qui y sont joints et qui se trouvent précisément aussi dans le volume que j'analyse en ce moment.

D'ailleurs il est fort probable que cet exemplaire des Noëls de Denisot de 1545 est un exemplaire unique, à la différence de ses *Cantiques* imprimés en 1553 chez la veuve de Maurice de La Porte à Paris, et qui, bien que rares, se trouvent à ma connaissance à la Bibliothèque de l'Arsenal, dans celle de Bordeaux, dans les collections particulières de M. le duc d'Aumale et de M. le comte de Lignerolles, et figurent quelquefois dans les catalogues de ventes publiques (1).

Ni Duverdier, ni M. Boyer, ni M. Rathery, dans leurs notices sur Denisot, n'ont parlé de cette édition originale des Noëls du comte d'Alsinoys (2). M. Hauréau, en la mentionnant d'un

(1) On les signale notamment comme ayant fait partie des cabinets du duc de La Vallière et de Ch. Nodier.

(2) Voir la *Bibliothèque* de Duverdier, la *Notice sur Nicolas Denisot* de M. Boyer, *Almanach de la Sarthe de* 1812, et celle de M. Rathery, d'après les manuscrits de Colletet aujourd'hui détruits, dans le *Bulletin du bibliophile* de 1850, p. 435. M. Louis Lacour s'est borné à exhaler une haine ridicule contre Denisot dans la préface qu'il a placée en tête de son édition

mot, ne s'est nullement préoccupé du lieu où elle avait pu être imprimée (1).

J'ai déjà dit ailleurs que sa similitude typographique avec d'autres recueils de Noëls imprimés au Mans, permettait de croire qu'elle était sortie des presses d'un imprimeur de cette ville. Il est probable, du reste, que Denisot, jeune encore en 1545 (il était né en 1515), débuta par se faire imprimer dans sa ville natale. Les dires de La Croix du Maine viennent encore confirmer cette présomption, puisque ce célèbre bibliographe manceau, après avoir parlé des *Cantiques* de Denisot, de 1553, imprimés chez la veuve de La Porte, d'un *Livre de prières à Dieu* imprimé à Paris et autres lieux, ajoute : « Il a écrit plusieurs cantiques et Noëls autres que les susdits, *imprimés au Mans.* » Il est donc fort probable, pour ne pas dire certain, que les Noëls de Denisot ont été imprimés au Mans, en 1545. L'exemplaire du Mans, qui est en parfait état de conservation et, je le répète, probablement unique, a donc d'autant plus de prix pour les bibliophiles manceaux, qu'il est un des premiers livres imprimés au Mans. C'est un des produits les plus précieux de la typographie mancelle à ses débuts, dû sans doute à l'imprimeur Denys Gaignot, jadis imprimeur et libraire à Paris, et qui était venu implanter au Mans, de 1541 à 1544, les premières presses qui se soient établies dans le Maine.

Les Noëls de Denisot ne sont pas le seul ouvrage de ce peintre-poëte qu'on rencontre dans le curieux volume de la Bibliothèque du Mans. Il s'y trouve encore, mais à l'état de fragment, quelques restes de ses autres poésies. Ce sont (Recueil VII)—(2), quatre feuillets de caractères gothiques for-

de Bonaventure Despériers en 1856, sans parler aucunement des Noëls ni des Cantiques que le comte d'Alsinoys composait à l'exemple de Marguerite de Navarre, dont le cercle « galant et dévot, semi-païen et semi-chrétien » le comptait parmi ses plus intimes familiers.

(1) *Histoire littéraire du Maine*, 2e édition, t. III, p. 254.

(2) J'indique par ces chiffres le rang dans lequel se présentent les différents recueils contenus dans le volume du Mans.

mant un cahier, dont le premier, le seul qui ait une signature, porte A III. Ces feuillets, en si petit nombre, ont 24 lignes à la page; ils renferment une paraphrase des commandements de Dieu dont le commencement fait défaut, et un cantique complet de soixante-douze vers sur le *Pater noster*. La paraphrase ne commence qu'au quatrième commandement. Les deux premiers feuillets qui manquent étaient remplis, le premier par le titre et la table, le second par la paraphrase des trois premiers commandements, dont chacun occupe quinze lignes de texte.

Voici, d'ailleurs, quelques-uns de ces commandements inédits :

LE SIXIÈME

Tu ne seras jamais fornicateur,
Par œuvre en faict ou par vile pensée.
Mais marier te fault, c'est le plus seur
Contre la chair bien nourie et pensée.
Peu de gens ont le don de chasteté,
Mais mariaige est plain d'honnesteté
Et en tout âge
Tenir mesnaige
En mariaige
Est trop plus sainct que paillarder.
Concubinaige
Fait grand oultraige
Au sainct usaige
Qui ne veut point se marier.

LE DIXIESME

Ce mandement Dieu nous veult répéter :
En la loy deux foys le nous réplicque,
Pour démonstrer que nul sans convoiter
Vivre ne peut, car nostre chair s'aplicque
A batailler contre notre esprit,
Dont nul ne peult, tant soit saige et périt,

Avoir victoire
Sans en Christ croire.
Il est notoire
Qu'il a pour nous la loy parfaicte.
C'est l'accessoire
Seul méritoire
Pour avoir gloire.
Qui cela croit, il est parfaict.

AMEN.

A la différence de cette paraphrase du Décalogue, le cantique sur le *Pater noster*, qui se chante sur : *Si congé prens de mes belles amours*,

Père éternel, créateur tout-puissant,
Entens la voix de ton humble facture,

n'est pas inédit, pour sa plus grande partie du moins.

De nombreux fragments (44 vers sur 72) en ont été cités en 1812 par M. Boyer, dans sa notice sur Denisot, p. 28 ; c'est même l'attribution, ainsi faite de ce cantique au comte d'Alsinoys, qui seule me permet de lui donner aussi la paternité des vers contenus dans ces quatre feuillets.

M. Boyer ne dit pas où il a pris les vers de ce cantique sur le *Pater noster*, pas plus que les quelques couplets des Noëls et des cantiques de Denisot qu'il reproduit et qui ne se trouvent pas dans Duverdier. Les cite-t-il d'après des imprimés ou des copies manuscrites ? Il est difficile de le dire. M. Boyer étudiait purement ces cantiques au point de vue de leur valeur littéraire, et ne songeait nullement à l'intérêt bibliographique qu'ils pouvaient présenter. Parent, par sa femme, de mademoiselle Denisot, la seule héritière du nom du comte d'Alsinoys au commencement de ce siècle, il avait pu, à défaut d'éditions, trouver des copies des vers du poëte manceau chez cette survivante de sa famille, qui conservait encore religieusement les portraits des plus illustres de ses ancêtres et leur généalogie manuscrite (1).

Ces fragments sont sans doute un débris du *Livre de prières à Dieu*, imprimé à Paris et autres lieux, dont parle La Croix du Maine. Y a-t-il chance aujourd'hui de retrouver entier le recueil du comte d'Alsinoys, dont la Bibliothèque du Mans ne possède que les feuillets trop peu nombreux que je viens d'indiquer? C'est douteux. Cependant il ne faut désespérer de rien; à défaut même de l'édition imprimée ne pourrait-on pas, comme pour Samson Bedouin, mettre la main sur un manuscrit qui ait conservé ces poésies? Je me rappelle même en ce moment que le n° 665 du Catalogue de M. le baron Pichon mentionne un manuscrit de noëls in-4°, du XVIe siècle, contenant entre autres, à la fin, les cantiques de Denisot de 1553, et qu'en présence de l'exécution remarquable de ce manuscrit orné de dessins à la plume, le catalogue se demande s'il ne serait pas de la main même de Denisot dont le talent de calligraphe et de dessinateur est bien connu. N'y aurait-il pas chance de rencontrer précisément dans ce volume, dont il est facile de connaître l'heureux possesseur, les *prières à Dieu* de Denisot, qui peuvent aussi se trouver égarées parmi bien des cantiques anonymes que nous ont transmis les manuscrits du XVIe siècle?

Quant aux fragments que j'ai fait connaître, il y a lieu de les présumer sortis, comme les noëls, des presses de Denys Gaignot.

Après ces deux recueils de Denisot, le seul portant un nom d'auteur que possède le volume de la Bibliothèque du Mans est celui des Noëls de Jean Daniel dit maître Mitou (Recueil II): *Noelz nouveaulx, chansons nouvelles de nouel composées tout de nouvel, esquelles verrez, les praticques de confondre les*

(1) Plusieurs Manceaux encore existants aujourd'hui, ont connu cette demoiselle Denisot qui habitait rue de Quatre-Roues, à côté de l'ancienne maison Goupil. J'ai inutilement cherché, auprès de ceux qui ont fait acquisition des papiers de M. Boyer, une généalogie et des documents relatifs aux Denisot.

hérétiques, in-8° gothique de 36 feuillets, sign. A-J IV, 26 lignes la page, contenant 35 noëls (1). J'ai trop longuement appelé l'attention sur ces noëls de l'organiste d'Angers, composés de 1520 à 1530, pour m'arrêter ici plus longtemps sur ce précieux recueil. Je me borne à renvoyer à l'édition que je viens d'en donner tout récemment.

Après les poésies de Denisot et de Jean Daniel, le recueil le plus important du volume de la Bibliothèque du Mans, est celui des Noëls imprimés au Mans par Denys Gaignot pour 1554 (Recueil IX).

Ce recueil gothique, in-8° avec signatures, est composé, le six cahiers, A–F IV, ou de 24 feuillets, dont le dernier de feuillet F IV manque malheureusement. On y compte 25 lignes à la page; deux initiales seulement sont fleuries et appartiennent à deux alphabets différents.

Voici le recto du premier feuillet, qui comprend le titre et la table des chansons :

Noelz nouveaulx sur le chant de plusieurs belles chansons nouvelles de ceste présente année mil cinq cens LIIII.

ET PREMIÈREMENT.

SUR : *Ma damoyselle.*
SUR : *As tu prins la hardiesse.*
SUR : *Pour faire bon mariage.*
SUR : *Une m'avoit promis.*
SUR : *Pastoureaulx amoureux.*
SUR : *Gabillonnade.*
SUR : *Les Gabeleurs.*
SUR : *En m'en venant de Rouen.*
SUR : *Mon Dieu vostre pitié.*

(1) Deux feuillets manquent au recueil du Mans, mais j'ai montré qu'ils pouvaient être facilement suppléés. C'est ce recueil que j'ai reproduit, en le complétant grâce aux Noëls de Bonfons, et à l'édition originale provenant de la bibliothèque du duc de La Vallière, que je n'ai malheureusement pas eue assez à ma disposition pour en comparer le texte avec l'édition du Mans.

SUR : *Si je le dy jamais, si jamais.*
SUR : *De mi tourmenter et plaindre.*
SUR : *C'est à la fin le vois tu bien.*
SUR : *Le Gringuelot.*
SUR : *Petite beste.*
SUR : *Doulce mémoire.*
SUR : *Glic pour la fillette, glic.*
SUR : *Une jeune fillette de noble cueur.*

Imprimé au Mans par Denys Gaignot, imprimeur et libraire, demourant en la grand Rue, près Saint Julian. Pour l'an M. D. LIIII.

Dix-sept airs sont indiqués, on le voit, à la table, et on trouve bien en effet dans le recueil dix-sept noëls. Jusqu'au Noël XIe, ils se présentent dans l'ordre des chansons; mais à partir de là on rencontre de nombreuses transpositions. De plus, le noël sur l'air XIIe *C'est à la fin le vois-tu bien*, fait défaut et est remplacé par un autre :

SUR LE CHANT : *La ceinture que j'ay ceinte*
Mon amy la my donna.

C'est le Noël XVe du recueil :

Gabriel d'une volée
Du hault du ciel s'envola.
Droit au pays de Galilée
Dans Nazareth advola.

Outre leur valeur au point de vue de l'histoire littéraire du Maine, ces noëls offrent aussi un grand intérêt pour l'histoire bibliographique de cette province. C'est un des rares volumes qu'ait produits l'imprimerie mancelle antérieurement à 1562. C'est un des rares recueils de noëls datés de cette époque du XVIe siècle qui soit venu jusqu'à nous.

Le magnifique *Missel* du Mans de 1546, la *Coutume* de 1554, le *Manuel* de 1556, et ces noëls sont quasi les seuls ouvrages que nous ayons conservés, portant la preuve authentique de leur impression au Mans, par le premier imprimeur de cette ville, Denys Gaignot, dont le fils Louis allait bientôt, hélas ! renier la foi de ses ancêtres, prendre part au pillage de la cathédrale par les huguenots en 1562, et jeter au feu, peut-être, ce splendide missel, œuvre glorieuse de son père, chef-d'œuvre de la typographie mancelle, et ces noëls inspirés par un sentiment si profondément catholique, si opposé à l'hérésie des novateurs (1).

Toutefois ce recueil peut tout d'abord aujourd'hui ne pas paraître inédit, si l'on se rappelle qu'en 1832, Richelet, alors bibliothécaire au Mans, fit imprimer dans cette ville, chez son beau-père Belon, et publia à 27 exemplaires un recueil portant précisément ce titre : *Noelz nouveaulx sur le chant de plusieurs belles chansons nouvelles de cette présente année mil cinq cens LIIII, imprimé au Mans par Denys Gaignot imprimeur et libraire demourant, en la grand Rue, près Saint Julian. Pour l'an Mil D. L. IIII.*

En lisant ce titre, on est fondé à croire qu'on a entre les mains une réimpression du Recueil de Gaignot dont je viens de faire connaître l'édition originale, et probablement l'exemplaire unique qui subsiste. Hélas ! il n'en est rien. La publication de Richelet n'est autre chose qu'une triste mystification qu'on ne saurait trop déplorer.

A part trois noëls, tous ceux qu'elle renferme ne se retrouvent pas dans le recueil de Gaignot. En voyant Richelet dire dans sa préface : « Ils appartiennent réellement au XVIe siècle et sont extraits de petits recueils aujourd'hui fort rares, imprimés de 1545 à 1554 » (aveu qui paraît déjà singulier après le titre de sa plaquette), on pourrait penser qu'ils sont du moins tous empruntés au volume de la Bibliothèque du Mans, qui se rapporte bien à cette époque. C'est encore une illusion qu'il

(1) Voir les renseignements que j'ai donnés sur Louis Gaignot, dans mon *Recueil de pièces inédites pour servir à l'histoire de la Réforme et de la Ligue dans le Maine*, p. XXXVI, *Annuaire de la Sarthe* de 1868.

faut perdre, car plusieurs des Noëls de Richelet sont bien postérieurs à ces dates et n'ont vu le jour que vers le commencement du XVIIe siècle. Son recueil est composé à la fois sans goût et sans vergogne, sans respect pour la vérité ni pour les dates. Plusieurs proviennent d'un auteur de Noëls bien connu, postérieur de près de cinquante ans à Denis Gaignot; d'autres sont empruntés à des recueils du temps qui n'ont rien de rare. Quelques-uns, qui proviennent du curieux volume de la Bibliothèque du Mans, ont été audacieusement farcis pour suppléer à la perte totale ou partielle de feuillets qu'il n'était parfois pas impossible de retrouver réimprimés ailleurs. On pourrait, au pis-aller, pardonner à l'auteur ses remplissages et ses imitations, s'ils provenaient réellement d'intentions pures de toute supercherie, s'il s'était bien pénétré de l'esprit de ces pieuses poésies, et si le ton de ses pastiches n'avait rien de choquant; mais, bien au contraire, il s'est plu à y semer des équivoques, des gaillardises (pour ne pas dire pire), inspirées par le souvenir de La Monnoye. Puis il s'est frotté les mains en écrivant à l'adresse de ce qu'il appelle *la faction dévote :* « Aujourd'hui nos oreilles chatouilleuses et pudiques s'offenseraient de la liberté et de la naïveté d'expression qui règnent dans ces petits poëmes; trois siècles ne se sont pas écoulés depuis que nos pères les chantaient sans scrupule en famille et en faisaient dévotement retentir la voûte de nos églises. »

On ne saurait trop protester au nom de la science contre de pareilles falsifications, contre ce manque de respect de la vérité et des lecteurs, dont il est pénible de voir un érudit, un bibliothécaire se rendre coupable sans retenue ni scrupules. Voici d'ailleurs, mise à nu, toute la publication de Richelet, afin que chacun puisse en apprécier la valeur.

Son recueil est composé de dix Noëls. Le premier,

SUR LE CHANT : *Nous irons nous toujours coucher sans chandelle.*

Nous debvrions noël chanter

Et chansonnette
Nouvelette,

n'est pas dans Gaignot. Il fait partie du volume de la Bibliothèque du Mans, recueil n° IV. Il a été réimprimé en 1847, comme tout ce recueil, à la suite des Noëls de Denisot dans la publication de M. de Clinchamp. C'est du moins un chant du XVIe siècle et un Noël manceau.

Le deuxième Noël :

BERGERIE DE NOEL : *Sur un chant à plaisir.*

Robin.
Où es-tu caché Colin?
Colin.
Qui es-tu là qui m'appelles?

n'est pas dans Gaignot. Il fait partie du recueil n° V du volume de la Bibliothèque du Mans. Mais on n'y rencontre que le commencement et la fin du Noël ; un feuillet entier de 24 lignes à la page manque, soit 48 lignes. Richelet n'a pas été embarrassé le moins du monde par cette perte qu'il a bien soin de ne pas signaler ; il invente trois couplets faisant seulement quatorze lignes. On va voir ce que sont ces couplets de sa fabrique. Le berger Robin disait pieusement à son compagnon Colin à propos de la naissance du Christ, qu'il lui apportait des nouvelles comme il n'en avait jamais entendu. Colin lui repartit, d'après M. Richelet :

As tu fait quelque cocu,
Ou quelque acorte pucelle
Avec toi a-t-elle perdu
Son bouton de pimprenelle ?
A ce jeu je sais ton zelle.

On voit que les lauriers de La Monnoye empêchaient notre auteur de dormir, et qu'il voulait se donner, par ses grossières plaisanteries, le plaisir de rivaliser avec le malin Bourguignon qu'il cherchait à imiter de loin, mais sans pouvoir toutefois lui dérober sa finesse et son esprit.

Je ne rapporte pas ici les vrais vers de ce noël qui n'a rien de gaulois ni de libre. On les trouvera plus loin parmi les Noëls de Samson Bedouin; car ce noël, dont Richelet a profané la naïveté, est du nombre de ceux qu'a composés le gai religieux de l'abbaye de la Couture, et que j'ai retrouvés dans le manuscrit de Jean de Villegontier.

Le troisième Noël de Richelet :

SUR : *Le gringuelot, vray Dieu comment le gringuelingot, gringotterons nau,*

se trouve du moins dans Gaignot, et y est indiqué comme le treizième à la table. Le feuillet du recueil de Gaignot où se trouve ce noël est malheureusement déchiré ; cinq vers du commencement font défaut. On pouvait facilement les retrouver dans des recueils postérieurs qui ont souvent reproduit ce noël et les voici :

En gaie compagnie
Partons joyeusement,
Et que l'on se rallie
Pour aller voir l'enfant,
C'est le petit fils de Marie (1).

Richelet les a remplacés par cinq vers de sa façon, mais cette fois sans songer à mal :

Entour moy j'entendis dire
L'aultre jour, en me levant,
Que Dieu pour calmer son ire
Nous a donné ung enfant;
C'est le petit roy martyre.

(1) Je reproduis ces vers d'après *la Grande Bible de noëls tant anciens que nouveaux*, à Tours, chez Létoumy, s. d., in-12, p. 42.

Le quatrième Noël :

Puisque la blonde aurore,
De son teinct jaunelet,
Si beau nous recolore
Ce sainct jour de Nolet,

est d'un auteur bien connu des bibliophiles manceaux, le chanoine du Mans, Toussaint Le Roy, qui, de la fin du XVIe siècle aux quinze premières années du XVIIe, produisit sans relâche tant de noëls mignards et gracieux, que leur rhythme emprunté à Ronsard et à son école suffirait seul pour dater et empêcher de rapporter au milieu du XVIe siècle. On trouve notamment ce cantique à la page 42 de l'édition de 1624 de ces Noëls souvent réimprimés.

On voit qu'ici la fraude, tout en étant plus grossière, est plus grave au point de vue de l'histoire littéraire, puisqu'elle tend à faire considérer comme éclos presque du temps de Marot des vers qui n'ont vu le jour que tout au plus du temps de Remy Belleau et même de Desportes.

Le cinquième Noël :

Gabriel d'une volée
Du haut du ciel s'en vola,

fait partie du recueil de Gaignot, ainsi que j'ai déjà eu l'occasion de le signaler.

Le sixième Noël :

Puisque l'on ne m'a menée
A ce sainct accouschement,

est de Toussaint Le Roy, comme celui de qui je viens de citer et partant postérieur de près de cinquante ans à la date qu'on lit en tête du recueil de Richelet. On le trouve à la page 156 de l'édition de 1624.

Le septième Noël :

> Laissez paistre vos bestes,
> Pastoureaulx, par monts et par vaux,

ne figure pas même dans le volume du Mans ; c'est un noël connu de tout le monde, qui n'a rien de manceau, et qu'on trouve dans les manuscrits du XVIe siècle comme dans les recueils de Bonfons, et dans toutes les bibles de Troyes et d'ailleurs (1).

On peut dire la même chose du huitième Noël :

> SUR : *La chanson de la grue.*
>
> Il fut un jeune oyselet,
> Qui chantoit au vert boccage.

C'est un noël qui se voit dans tous les recueils, quelle que soit leur provenance et que Richelet a aussi bien pu emprunter aux bibles de Troyes qu'aux recueils que l'imprimeur Hiérome Olivier publiait au Mans au milieu du XVIIe siècle, en se conformant aux traditions de sa famille.

Le neuvième Noël :

> SUR L'AIR : *A ville vous command,*
> *Il n'est plaisir que des champs.*
>
> A Dieu troupeau vous command,
> Paissez l'herbe gayement.
> L'autruy parmy ces campagnes
> J'allois mon troupeau gardant,

est beaucoup plus rare. Il est probable qu'il appartenait à

(1) Ce noël, on peut le dire, court toutes les Bibles. Le choix que Richelet en a fait pour son recueil prouve tout de suite qu'il était complétement étranger à la littérature des noëls. M. Tarbé, *Romancero de Champagne*, Chants religieux, p. 236, l'appelle, je ne sais pourquoi, le Noël de Châlons-sur-Marne, imprimé chez Claude Bouchard. — Sur les Bibles de Noëls de Troyes, voir l'ouvrage de M. Socard, *Noëls et Cantiques imprimés à Troyes*, Aubry, 1865, in-8°.

d'autres recueils manceaux que Richelet avait entre les mains; il était connu dans cette province et antérieur au XVIIe siècle, car il figure parmi ceux que Jehan de Villegontier inscrivit dans son manuscrit, feuillet 207, verso.

Le dixième Noël,

Chantons tous d'une alliance
Par plaisance,

est bien de Gaignot, c'est le deuxième de son recueil.

On voit de la sorte que, des dix noëls de Richelet, trois seulement font partie du recueil dont ils portent le titre, deux autres proviennent du même volume de la Bibliothèque du Mans, deux n'ont été composés par le chanoine Toussaint Leroy que vers les premières années du XVIIe siècle, deux autres courent toutes les bibles de Noëls; quant au dernier, il appartient sans doute à d'autres recueils imprimés, que l'éditeur avait, paraît-il, à sa disposition, mais qu'il a malheureusement oublié de révéler. Enfin la plaquette de Richelet se termine par un *dizain au détracteur :*

A ma très-belle et gente Valentine,

qui n'est autre que le dizain par le comte d'Alsinoys, qui se trouve en tête de ses Noëls de 1545. Richelet pouvait difficilement penser pouvoir faire illusion à ses lecteurs, puisqu'en 1812, M. Boyer avait déjà publié ces vers dans sa notice sur Denisot.

On s'expliquerait difficilement cette mosaïque et cette mystification si l'on ne se rappelait que, pendant toute sa carrière, ce bibliothécaire du Mans eut une vive tendresse pour les sophistications de ce genre et qu'on doit dès lors se tenir en garde contre les chausse-trapes et les supercheries qu'il a semées à travers toutes ses publications. C'est ainsi qu'en 1837, sans donner le moindre renseignement sur le manuscrit, il publiait une histoire des évêques du Mans, soi-disant écrite *par un ancien bénédictin de Saint-Maur*, que plus loin dans sa préface il disait être Jean Colomb, tandis que cette compilation très-terne émanait tout simplement du Mayennais Guyard de La Fosse, avec des additions de l'éditeur et de ses amis, et n'avait aucun droit, comme il devait fort bien le savoir, à être placée sous les auspices du savant bénédictin de l'abbaye de Saint-Vincent (1).

Déjà, avant sa prétendue édition des Noëls de Gaignot, il avait publié des pastiches de poésies du moyen âge, tout comme le comte de Surville, Chatterton et M. Julien Travers. Qu'il me suffise de citer le fabliau : *D'un varlet et de la dame au baron,* conte du XIVe siècle, *publié d'après le manuscrit,* Paris, chez les Bibliophiles, 1829. Le manuscrit de ce conte grivois est simplement celui de l'auteur, comme il est facile d'ailleurs de le voir par les vers de la fin :

Le troveur qui rima ce conte
Et qui par loysir le raconte,
Icy mit son nom tout à plain
Por la gloyre de l'écripvain.
Vous le voirez en ce coplet,
Son nom est Jehan Richelet ;
Il le fit quant l'an mil advint
Avoec trois cent neuf et puis vint.

Ch. J. Richelet, du reste, n'a jamais donné la plus légère indication sur les manuscrits ou les anciennes éditions dont il tira ses textes du moyen âge, ce qui a pu les faire accueillir parfois par des sourires d'incrédulité. Il était habitué, on le voit, à ne pas plus se gêner avec les textes qu'avec les lecteurs. Il y aurait plus d'un détail piquant à donner à cet égard, mais il est grand temps de quitter cette digression déjà trop

(1) Voir sur ce point trois articles de M. Anjubault dans la *Chronique de l'Ouest*, 18, 23 et 25 janvier 1861. Richelet était parfois plus sceptique dans ses attributions; en 1841, il publiait une traduction, avec notes, du Cantique des Cantiques *attribué* à Salomon.

longue et de revenir aux Noëls de la Bibliothèque du Mans (1).

A côté des recueils de Denisot, de Jean Daniel et de Denys Gaignot, spécialisés par les noms de leur auteur ou de l'imprimeur, figure encore dans le volume de la Bibliothèque du Mans un recueil (n° VIII), que le nom de son imprimeur distingue des autres Noëls complétement anonymes qui s'y trouvent compris. C'est un recueil in-8° qui, complet, se composait de 4 cahiers ou 16 feuillets A-DIV, de 23 lignes à la page, à la fin duquel on lit : *imprimé au Mans, par Ihérome Olivier.*

On eût pu le deviner rien qu'à lire le texte des Noëls ; car on y voit cet imprimeur en scène, selon la mode du temps, dans un des couplets :

L'un, sans du chant dévier,
Dist à *Hierosme Olivier*
Imprime la chansonnette.

De même, dans les Noëls de Gaignot, on lisait en parlant d'un Noël *gringueloté* par un berger :

Denys Gaygnot
Lui dist, mignot,
Si je l'avoys,
L'imprimerois
Tout sur le chant.

(1) J'indiquerai entre autres anciens textes publiés par Richelet : *Le débat de deux damoyselles, l'une nommée la Noire et l'autre la Tannée*, suivi de la vie de Saint Harenc et d'autres poésies du XVe siècle, avec des notes et un glossaire, Didot, 1825, in-8, publié sous le nom de M. de Bock. *Li molinier de Nemox*, conte de la fin du XIe siècle, Paris, 1832, in-8°, 29 exemplaires. *Du baro mors et vis*, conte du XIIe siècle, 1832, in-8°. *Bataille de Pontvallain et prise de Vaas*, au Mans 1831, in-8°. *Œuvre excellente et à chascun désirant soy de peste préserver très-utile...* composée par M. Guillaume Bunel et publiée par Richelet, 1836, gr. in-8°, 29 exemplaires (29 semble être le chiffre cabalistique de toutes ces publications). Brunet en a rangé quelques-unes parmi les poésies refaites ou supposées.

Malheureusement ce recueil d'Olivier, précieux aussi pour l'histoire de la typographie mancelle, est incomplet. Il y manque les feuillets A, AIV, et B. Les caractères gothiques qui le composent sont beaucoup plus forts, plus gros que tous ceux du reste du volume. On retrouve de ses lettres initiales fleuries dans la rarissime *Médecine préservative et très-nécessaire pour guarir tous esgarez à la foy chrestienne* de Jacques Viard, imprimée en caractères romains en 1559, au Mans, par le même Hiérosme Olivier.

Voici les noëls qui se trouvent soit en entier, soit en partie seulement, dans ce recueil éminemment manceau :

Ier. Sur : *Cricon, Cricquette.*

Le saint jour de Nau
Que nasquit l'Emmanuel,
La nuit fut claire et parfaite.

La fin seule de ce Noël existe dans le recueil d'Olivier.

IIe. Chant de Noel sur la chanson : *Je m'en voys pour le monde.*

Dieu par sa bonté munde,
Pour à l'homme servir,
Créa ung nouveau monde.

IIIe. Noel sur la chanson : *Petite beste, je ne t'y nourriré jamais.*

Pastoureaulx dévotieulx,
Prenez esjouyssance.

Le recueil d'Olivier ne contient que quelques vers de la fin de ce noël, qui se trouve en entier dans Gaignot.

IVe. Sur la chanson : *Une m'avoit promis que je seroys receu.*

Jesus a mérité
Digne exaltation,
Par son humilité.

Il se trouve également dans Gaignot.

V^e^. Sur : *La musnière d'Avergnon.*

Quand pour la rédemption
Dieu print incarnation.

VIe. Sur la chanson : *Has tu prins la hardiesse ta maistresse.*

Chantons hymnes et cantiques
Mellificques.

VIIe. Sur la chanson : *Une fille portant pennier.*

A l'incarnation
De nostre roy et sire,
Chascune nation
Lors se faisoit escrire.

VIIIe. Sur la chanson : *Desjà si longue espace,*
Ou sur : *Je ne te veulx sémondre.*

Dieu par sa sapience,
Ciel, terre et mer a faictz.

IXe. Sur le chant : *C'est à la fin voy tu bien que je l'ayme.*

Chantons à fin de Noel qu'il nous ayme...
Viens czà, Robin, t'en dors tu là,
J'escoute ce rossignol là.

Xe Sur la chanson : *L'autry, l'autry je m'en venoys de Nantes, larrons gabelleurs.*

Chantons Noel, puisque Dieu le commande,
La nuit et le jour.

C'est le Noël des paroisses du Mans, de Messieurs du Mans, que nous allons retrouver dans d'autres recueils, et que contient aussi celui de Gaignot. C'est le Noël manceau par excellence, le cantique auquel sa popularité donnait place dans toutes les plaquettes du temps, et qui, pour ainsi dire, servait de passeport aux autres.

Voilà recomposé en entier ce recueil de dix Noëls d'Olivier, dont le recto du premier feuillet contenait le titre et la table des chansons.

Le recueil quatrième du volume de la Bibliothèque du Mans est complet, mais anonyme ; il ne comprend que 2 cahiers A et B, et 8 feuillets de 23 lignes à la page.

Il débute par la table des chansons.

Autres Noelz sur les chantz cy après déclarez :

Sur : *Gabelleurs d'Yngrande.*
Sur : *Ce qui m'est deu et ordonné.*
Sur : *Nous irons nous tousjours coucher sans chandelle, sans lanterne.*
Sur : *C'est à la fin voy tu bien que je l'ayme.*
Sur : *La Vigile d'un dimanche.*

Ce recueil de cinq Noëls a été publié en entier en 1847 par M. de Clinchamp à la suite de son édition des Noëls de Denisot. C'est encore un recueil essentiellement manceau, comme l'indiquent le premier noël, qui est celui des paroisses du Mans, imprimé aussi dans Gaignot et dans Olivier ; le second :

Levans noz cueurs au Dieu du ciel,
Manceaulx, prenons esjouyssance ;

et le dernier :

Manceaulx, prenons espérance
Qu'un jour seront tous amys.

Bien que ne portant pas de nom d'imprimeur, ce recueil paraît sorti des presses de Gaignot. On y voit des lettres fleuries qu'on retrouve dans sa *Coutume* et des initiales appartenant au même alphabet que ses Noëls.

Après ces six recueils, ceux qu'on rencontre dans le volume du Mans, sont ou à l'état de fragments ou bien d'une provenance plus incertaine.

Deux sont fort incomplets ; le recueil III ne renferme qu'un seul cahier, le cahier B, 4 feuillets de 23 lignes à la page, contenant trois Noëls.

Le premier :

Sur la chanson : *Puysque le bourgeon tire à vin, et vient du pressouer en l'enche.*

Puysque le Messie est venu
Du ciel en ce monde terrestre.

Le deuxième :

Sur la chanson de : *La musnière d'Avergnon.*

Et le troisième :

Sur : *Une fille portant pennier.*

Ces deux derniers imprimés aussi dans le recueil d'Ollvier.

Le recueil V (24 lignes à la page) est un peu moins incomplet : il renferme 3 cahiers dont le feuillet D manque seul : mais il ne commence qu'au feuillet B, tout le cahier A faisant entièrement défaut.

Il débute par un chant dont le commencement est absent, mais qui n'est autre que celui du Noël :

Jesus a mérité
Digne exaltation.

IIe. Sur la chanson : *Jehan d'Anobli, tant tu es bon garçon.*

Quand Gabriel
Des sainctz cieulx advola.

IIIe. Sur la chanson : *Si je le dys jamais, si jamais je le dys.*

Les prophètes jadis
Et entre aultres Joel.

Ce noël se trouve dans le recueil de Gaignot, et est un noël savant comme le précédent.

IVe. Sur la bergerie : *Pastoureaulx amoureux ont le cueur joyeulx et frisque.*

Pastoureaulx amoureux,
Ont tousjours le cueurs en joye,

se trouve dans Gaignot.

Ve. Sur le chant : *Mon Dieu vostre pitié sur moy s'avance, Ne soit mon amitié sans récompense.*

Mon ame dormez vous
En ceste sorte,

se voit dans Gaignot et a des prétentions à la poésie comme on peut le voir par ces couplets :

Faictes chappeaux de fleurs
Et qu'on assemble
Les plus belles coulleurs
Des prez ensemble.
Mille lys blanchissans
Et mille roses
Des jardins florissans
Y soient encloses.

Le sixième a encore de plus hautes visées ; il est intitulé :

Hymne *de la nuict de Noel.*

Sur le chant : *Estans assis aux rives, etc.*

Espritz divins, chantez de la nuict saincte.

Le septième est le *Dialogue entre Colin et Robin* qu'a reproduit Richelet, et auquel il manque un feuillet.

Le huitième :

Sur le chant : *De my tourmenter et plaindre.*

Par une voix argentine,
Louons tous le filz de Dieu.

se trouve dans Gaignot, dans Olivier et dans le recueil dont il me reste à parler.

Le neuvième :

Manceaux, prenons espérance

nous a déjà apparu dans Olivier.

Ces deux recueils ont une grande similitude typographique, par leurs caractères, leurs initiales, leurs S tailladés, avec les recueils que j'ai déjà attribués à Gaignot, et les autres ouvrages signés de lui ; je ne crois pas me tromper en les présumant sortis de ses presses.

Reste un dernier recueil, le recueil VI, d'une provenance plus énigmatique.

Il ne commence qu'au cahier B et va jusqu'à E IV ; le feuillet C manque (1). A la fin on lit *Amen, Noël, Fin ;* il contient 25 et 24 lignes à la page.

Le premier noël qu'il renferme est incomplet ; il célèbre les louanges de la Vierge et voici son refrain :

Encore n'esse pas tout
Pour bien louer la pucelle ;
Encore n'esse pas tout,
Pour la louer jusque au bout.

Le deuxième :

NOEL NOUVEAU SUR LA CHANSON : *Des petitz seps.*
L'offence est reparée,
Prenons joyeulx esbatz.

Le troisième :

S'ensuit une belle chanson nouvelle de grand valleur, sur la chanson de l'Oublieur qui est de la vieille faczon.

Destoupez tretous vos oreilles.

Il se trouve, comme je l'ai fait remarquer dans mon édition des Noëls de Jean Daniel, à la fin d'un des recueils de cet

(1) C IV semble manquer, mais il se trouve à l'état errant dans un autre recueil du même volume, où on le voit déchiré et privé de sa signature.

organiste angevin, faisant autrefois partie de la bibliothèque du duc de La Vallière, et aujourd'hui de celle de M. le comte de Lignerolles :

Noels joyeulx plain de plaisir à chanter sans nul déplaisir (1).

Le quatrième :

SUR : *Vous perdez temps de me dire mal d'elle.*

Le Dieu des dieux de nature immortelle
Forma Adam du lymon de la terre.

Le cinquième :

SUR LA CHANSON : *Roussignolet, roussignolet.*

Chantons Noel, nollet,
A l'advenut du Roy nouvellet.

Le sixième :

SUR : *De mon triste et déplaisir.*

David, Jacob, Ezechias,
Chantez, le Filz de Dieu est né (2).

Le septième :

SUR LA CHANSON : *Toutte femme n'est qu'abus*

Marie toujours sera
En mon cueur et pensée.....
Chantons tous de très-bon cueur.

(1) Voir les *Noëls de Jean Daniel*, imprimés à 50 exemplaires sur papier vergé, Le Mans, Ed. Monnoyer, 1874, in-8°, p. XLIII, où j'indique d'autres recueils dans lesquels se trouve encore cette chanson.

(2) La suite de ce noël, dont on ne rencontre ici que les sept premiers vers, se trouve dans un feuillet *erratique* du même volume et se termine par un couplet dont voici le commencement :

Nous prierons la mère et le filz,
Qu'ilz gardent du Mans la cité.
En leur amour soyons confitz.

On le voit complet dans le manuscrit de Jehan de Villegontier, p. 116, mais avec des variantes.

Le huitième :

Sur la chanson : *Les Bourguignons ont mis le champ devant la ville de Perronne.*

Le faulx serpent séduyt Adam
Par un morceau qu'Eve luy donne.

Le neuvième :

Sur : *En ce jolis temps gracieulx.*

En l'honneur du Roy glorieux
Qui sur terre est venu des cieulx.

Le dixième :

Sur : *Si je le dys jamais.*

Les prophètes jadis.

figure dans deux autres recueils du même volume.

Le onzième :

Sur : *Robin à la chasse s'en va.*

Luciabel trop se glorifia
Et soy magnifia.

Le douzième :

Par une voix argentine.

se rencontre dans Gaignot et dans Olivier.

On voit que ce recueil garde encore, mais toutefois à un degré moindre que les précédents, une allure mancelle, et qu'à part deux noëls, ceux qu'on y trouve ne se rencontrent pas dans les plaquettes que nous avons passées en revue. Ses petites initiales ressemblent toutefois à celles de Gaignot, qui en somme paraît avoir imprimé la meilleure part de ces recueils.

J'en ai fini avec le dépouillement des Noëls du curieux volume de la Bibliothèque du Mans, qui renferme très-probablement la plus grande partie de ce qui survit des Noëls manceaux imprimés avant 1562, époque fameuse du pillage de la cathédrale et de l'occupation de la ville par les huguenots. En mettant à part l'œuvre de Denisot et de Jean Daniel, ils donnent pour total une quarantaine de noëls anonymes, paraissant tous, ou au moins en grand nombre, se rapporter au Maine. Pour établir ce chiffre, j'ai retranché ceux qui sont répétés dans deux et même trois recueils. Ces répétitions prouvent que ces chants faisaient partie du domaine public, que les imprimeurs les reproduisaient quasi à leur gré, et les réimprimaient plus ou moins souvent, selon leur popularité. Chaque année voyait en effet éclore un nouveau recueil de noëls de quelques feuillets, comme un nouvel almanach; néanmoins, en présence de l'exiguïté de ces petits livrets populaires, il ne faut guère s'étonner, je l'ai déjà dit ailleurs, qu'un si petit nombre soit venu jusqu'à nous.

C'est parmi ces recueils que je me suis empressé de rechercher les Noëls de Samson Bedouin, exhumés du manuscrit de Jean de Villegontier, et qui, suivant La Croix du Maine, ont été imprimés au Mans (1).

Sur les dix-huit Noëls de Samson Bedouin que contient le manuscrit de la Bibliothèque nationale, j'en ai retrouvé douze, soit entiers, soit à l'état de fragments, imprimés une ou plusieurs fois dans le volume de la Bibliothèque du Mans. Six seulement ne se rencontrent pas dans l'imprimé.

Parmi les douze qui figurent dans les recueils dont j'ai fait l'analyse, deux ont été publiés à la suite du recueil de Denisot, en 1847 :

I. Chantons Noël puisque Dieu le commande.
II. Levons nos cueurs au Dieu du ciel.

(1) La Croix du Maine les dit imprimés par Macé Vaucelles, qui fut lui-même auteur de noëls; mais les recherches que j'ai faites sur les débuts de l'imprimerie au Mans, m'ont toujours montré Vaucelles comme un simple libraire, dont le nom, se trouvant au bas de livres imprimés par d'autres, a pu de la sorte être pris à tort pour celui d'un imprimeur.

Deux autres ont été publiés par Richelet en 1832 :

L'un intégralement :

Chantons tous d'une alliance par plaisance,

L'autre à l'état fragmentaire, et avec les additions grossières dont j'ai parlé :

Où es tu caché Colin ?

C'est en somme quatorze noëls inédits qui vont revenir à la lumière, et permettre de juger du talent poétique de Samson Bedouin, dont le nom seulement était connu de quelques bibliophiles manceaux.

Le gai religieux s'est mis plus d'une fois en scène lui-même dans ses poésies ; aussi avais-je été déjà tenté de le reconnaître dans ce couplet de sa façon imprimé par Gaignot :

Ung fin berger tout nouvellet,
Nommé Sanson,
Nous gringuelota ung nolet
De sa fazon,
Denys Gaignot
Lui dit, mignot,
Si je l'avoys,
L'imprimerois
Tout sur le chant.

On lit de même dans un des noëls manuscrits :

Sanson un noël nous fera.
Denys Gaignot l'imprimera,
Nous en aurons mès qu'il les vende,

et dans un autre :

Sanson nous fist un cantique,
Que chantasmes de cueur fin,

On voit figurer dans ces noëls le pays de *Nuz* d'où Bedouin était probablement originaire, et qu'il célébrait aussi dans ses chansons profanes dont parle La Croix du Maine (1).

Dans un d'entre eux figurent aussi tour à tour les différentes villes et les diverses régions du Maine. Dans ce défilé on trouve à saisir quelque trait de caractère ou quelque aptitude professionnelle des habitants, aujourd'hui oubliés et qui se retrouvent remis au jour à l'improviste. On regrette seulement que le bon religieux n'ait pas eu plus de malice et n'ait pas commis plus d'indiscrétions à l'égard des travers locaux de ses compatriotes ; mais il ne faut pas oublier que nous sommes encore bien loin des noëls satiriques de la fin du XVIIe siècle et des chansons de Gui Barozai.

Si ces noëls de Samson Bedouin offrent quelque intérêt pour ceux qui se préoccupent de cette branche de nos anciennes poésies provinciales, autrefois si florissante dans le Maine, je ne laisserai pas d'en faire connaître d'autres encore, notamment de curieux noëls du XVIIe siècle qui mettent en scène plusieurs paroisses du Mans, le Noël des paroissiens de Saint-Vincent, le Noël des paroissiens de Gourdaine, etc., etc.

Samson Bedouin est quasi le père du noël manceau ; il a fait souche de nombreux descendants.

Après lui, Toussaint Le Roy, Guillaume Bourdin, René Pouillot, François de Sarcé, Julien Thareu, Guillaume Turmeau, Christophe Lehoux et bien d'autres méritent aussi d'être remis en lumière, ainsi que les nombreux recueils ou bibles de noëls anonymes imprimés dans le Maine depuis le com-

(1) Il dit que S. Bedouin a composé la Réplique sur les chansons des *Nuciens* ou *Nulois* qui autrement sont appelés ceux de Nuz au bas Maine. Sur le pays de Nuz, voir Cauvin, *Géographie ancienne du Maine*, p. 441, et *Géographie du département de la Mayenne*, par l'auteur de l'*Histoire de Laval*, 2e édition, p. 110. La vaste forêt de Nuz correspondait à la partie du Passais ou du nord-est de l'arrondissement de Mayenne, située entre les rivières de la Mayenne et de la Sarthe. La forêt de Pail en est encore un reste. Javron et Gesvres avaient été tout d'abord les localités les plus importantes du pays de Nuz.

mencement du XVIIe siècle jusqu'à nos jours. Qui pourrait dire combien il en a été publié depuis le recueil gothique in-8° de 56 pages, sans date, imprimé par François Olivier, imprimeur et libraire, demeurant au marché Saint-Pierre, pour Gervais Olivier, marchand libraire, tenant boutique en la court de la Monnaye (1), recueil suivi de tant d'autres, édités par les différents membres de la dynastie des Olivier, jusqu'à la Grande Bible des Noëls vieux et nouveaux que débitait encore au commencement de ce siècle à Sillé et au Mans, rue Dorée, la veuve Desforges, et où se lit ce noël fameux du bas Maine, pastiche des chants du XVIe siècle :

Ou cour' vous comme cà mes gas
D'si bon matin, qu'allez vous faire ?
Vous quittez voutre bergeas,
Faut qu'vous n'ayez cor, guère à faire ! (2)

(1) *Cantiques de Noëlz anciens les mieux faits et les plus requis du commun peuple, composez par plusieurs anciens autheurs à l'honneur de la Nativité de Nostre Sauveur Jésus-Christ et de la Vierge Marie*, au Mans, pour Gervais Olivier, marchand-libraire, tenant boutique en la court de Monnoye... imprimé au Mans par Françoys Olivier, imprimeur et libraire, demeurant au marché Saint-Pierre, petit in-8° de 56 pages, caract. goth. Bien que gothique, ce recueil sans date, qui existe dans les bibliothèques du duc d'Aumale (n° 1294 du cat. Cicongne) et du comte de Lignerolles n'est que des premières années du XVIIe siècle, ainsi que me permettent de le dire les documents que j'ai rassemblés sur l'histoire de l'imprimerie mancelle.

(2). Je citerai entre autres recueils anonymes manceaux, *Cantiques de Noëlz anciens... au Mans, par Jacques Olivier*, sans date, petit in-8° de 48 p. *Cantiques de Noëls anciens...*, au Mans, par Hiérôme Olivier, imp. et lib., demeurant près l'église Saint-Julian, sans date, in-8° de 21 feuillets. (Hiérôme Olivier a aussi publié des *Cantiques spirituels consacrez aux amours et louanges de Jésus, Marie et Joseph...*, au Mans, 1648, in-8° ; dès 1642, il publiait des *Cantiques spirituels* à l'usage des Ursulines, de même que l'année suivante, 1643, Michel Dorizon éditait le *Rozier des Cantiques spirituels*). *Cantiques de Noëls nouveaux composez à l'honneur de la Nativité...* par plusieurs autheurs du temps, sans date, ni lieu, mais du même Hiérôme Olivier, in-8° de douze feuillets. On y trouve le Noël des paroissiens de Saint-Vincent. *La Grande Bible des Noëls nouveaux et anciens...* au Mans, chez Louis Peguineau, imp. au Pont-Neuf, à l'Enfant Jésus, in-16, non paginé, cahiers A-E. *La Grande Bible des*

Je compte aussi extraire, soit des noëls imprimés du XVIe siècle, soit des recueils manuscrits, les chants qui se rattachent, par un lien quelconque, à nos provinces de l'Ouest, et faire plus d'un emprunt à la compilation de Jehan de Villegontier, toute récente qu'elle est comparativement aux recueils manuscrits du commencement du seizième siècle et de la fin du siècle précédent. Malheureusement la plupart des noëls qu'elle contient sont dépourvus de caractère local ; on y chercherait en vain bon nombre de ces *blasons*, de ces couplets satiriques qui font le bonheur des curieux, et ces renseignements, d'ordinaire si naïfs, sur les personnages du lieu où chacun des rapsodes inconnus d'alors place à sa guise la crèche et les gais bergers.

Voici cependant, provenant de ce recueil, un noël foncièrement angevin, ayant un goût de terroir très-prononcé et célébrant le joyeux vin d'Anjou, qui sans doute avait inspiré son auteur. L'Anjou, de même que le Maine et le Poitou, est la terre classique des noëls. Les chants du curé de Notre-Dame du Puy-la-Garde, Me Lucas Le Moigne, de Laurent Roux, l'organiste de la Trinité, les Bibles d'Hernault, les Cantiques de Jean Fauveau, curé de Saint-Michel du Bois, sont en fait

Noëls vieux et nouveaux... à La Flèche, chez Louis de La Fosse, imprimeur du roi, MDCCLVI, in-16, et un autre Bible du même titre et de la même ville, chez L. IG. De La Fosse, seul imp. lib. du roi, sans date, in-16 de 128 pages. *Cantiques de Noëls anciens et nouveaux*..., au Mans chez François Ysambart, imp. demeurant au Pont-Neuf au Saint-Esprit, 64 pages in-8o. *La grande Bible des Noëls vieux et nouveaux*, à Sillé-le-Guillaume, chez la veuve Desforges, libraire, et au Mans, rue Dorée, 1809, 96 pages ; à la suite on voit un autre recueil de Noëls de 24 pages, où se trouvent le Noël du bas Maine et un Noël gascon. La veuve Desforges a publié plusieurs recueils ; on en voit d'elle se vendant au Mans chez Fleuriot, 1806.

Ces indications ne se rapportent guère qu'à la partie du Maine qui correspond aujourd'hui au département de la Sarthe. Pour ce qui concerne les Noëls du bas Maine, voir, entre autres, Desportes, *Bibliographie du Maine*, p. 522, *Mémorial de la Mayenne*, t. IV, p. 69, *Anciens Noëls réformés, suivis de la Pastorale sur la naissance de N.-S. J.-C.*, Laval, s. d. (vers 1821), chez Bouttevillain Grandpré, in-12 de 106 p., etc.

de noëls comme un riche écrin où se cache plus d'un diamant à l'état brut. La richesse de l'Anjou en ce genre de littérature populaire serait encore bien plus grande si beaucoup de ses noëls du XVIe siècle n'étaient aujourd'hui considérés comme perdus (1).

Où sont les chants de Jean Maugin, *le Petit Angevin*, dont le nom est si cher aux bibliophiles et aux artistes ? Où sont ceux de Jehan Le Frère, de Jehan Le Masle ? Moins heureux que ceux d'Urbain Renard, le célèbre auteur des noëls angevins du XVIIe siècle, ils n'ont pas résisté à l'œuvre destructive du temps, ou bien ils sont aujourd'hui confondus dans la foule des noëls anonymes. Celui que je reproduis est-il un des chants de Jean Maugin (2) ? Je ne saurais le dire ; mais il mérite, par sa franche gaieté, pleine de naturel et de bon aloi, d'être attribué à un vrai poëte. Il ne figure pas que dans le recueil de Jehan de Villegontier ; je l'ai rencontré aussi dans un autre manuscrit de noëls de la fin du XVIe siècle (Bibl. nationale, F. Fr., 24407) dont j'ai déjà parlé et auquel ses curieuses miniatures datées de 1593 et 1594 ajoutent tant d'intérêt. C'est une nouvelle preuve de sa popularité (3) :

SUR : *Ung branle gay* (4).

Pastourelles, pastoureaulx,
Qui dormez sur la prée,
Réveillez vous, faictes les saultz,
Que joye soit démenée.

(1) Sur la bibliographie de noëls angevins, voir mon récent ouvrage sur les *Noëls de Jehan Daniel*, p. LV et LVII. Y ajouter : *Noëls nouveaux dédiés au sexe dévot*, in-16, p. 24, Saumur, chez la veuve de Gouy, 1758. Voir aussi *Répertoire archéologique de l'Anjou*, 1861, et *Bulletin monumental de l'Anjou*, tomes I, II, IV, V, VII, etc.

(2) Sur Jean Maugin poëte, voir *Revue d'Anjou*, 1854 et 1855, une notice de M. Belleuvre, qui ne dit rien de ses noëls. Sur Jean Maugin, artiste et graveur, voir M. Duplessis, *Histoire de la gravure en France*, p. 29.

(3) Il y figure avec quelques variantes de noms de lieux qui sont pour la plupart défectueuses.

(4) Voir le manuscrit de Jehan de Villegontier, Fo 149, vo.

En commenczant à m'endormir,
Envyron l'heure de mynuit,
Ung ange du ciel descendit,
Qui à mes compaignons a dit :
Laissez moutons, brebis, aigneaulx
Et courez en la prée,
Et allons veoir le Messiau,
Qui a la paix criée.

Noel!

Perrot courut tout endormy,
Quand il entendit le premier.
Guillot courut tout alourdy
Czà et là pour nous réveiller.
Sur bout, sur bout, marchez, trotez.
Courrez en Galillée.
Ne craignez poinct à vous crotter,
Car la paix est criée.

Noel !

Il ne failloit pas grand ahan
Pour robbes en malles trousser.
Bahuz n'avoient, ne lictz de can,
Ne tentes qu'il faillust laisser.
Lassez, gellez, mouillez, crottez,
Nous prinsmes nostre allée.
Ceulx qui estoient les mieulx bottez
Abbattoient la rousée.

Noel!

Il n'y avoit pas grand arroy,
Et faisoit froid à mon advis.
Pour festiver un si grand roy,
C'estoit ung trez pauvre logeys.

Pour le resjouir, je le fis
Sonner la tricottée
Et des nottes plus de troys vingtz
Durant celle nuictée.

Noel !

Nous trouvasmes l'enfant tout nud,
Dessus du foing, auprès du veau.
Joseph avoit du feu caché
Entre ses mains en un couppeau.
Michel, Vriel, Gabriel,
Et toute le mesgnée
Si apportèrent des drappeaulx
Pour faire la couchée.

Noel !

De la grande joye qui nous tenoit,
Chacun se print à flageoller.
Macé disoit, Robert faisoit
Gambades jusques au plancher.
Guillot luy donna ung panier
Tout plain de giroflée.
Michau luy donne le premier
Ung fourmaige en junchée.

Noel !

Les pastoureaux *de Saint-Germain*
S'en vindrent au devant de nous,
Dont l'un tiroit de l'espervaing,
Car il avoit le cul galoux.
Incontinent ceux *du Loroux*,
Pour arrouser la gorge,
Nous ont apporté du vin doulx
Qu'ilz ont prins *à Saint-Georges*.

Noel !

Hé Dieu sçait comme tout alla
Quant de ce vin eusmes tasté !
Chascun chantoit par cy par là,
Tant que Noel s'est esveillé.
Je ne sçay s'il s'en est allé,
Il a juré son âme
Qu'à *Rochefort* sera logé,
S'il ne fault au passaige.

Noel !

A *Savenières* ont guetté
Pour veoir s'il passoit sans acquit ;
Mais les gallands de *Chantoussé*
Ont veu qu'il avoit bon crédit.
Ils sont allez sans contredit
A *Espiré* l'actendre.
Pour approuver leur sauf conduit,
Ont prins les clers d'*Ingrande*.

Noel !

Tout droict par le chesne fouillu
S'en va passer à chault tourteau.
A *La Possonnière* ont bien sceu
Que Noel avoit passé l'eau
Tantost à course de chevau.
Le long de la vallée
Le suyvent jusques à *Montrouveau*,
L'on trouvé à *Denée*.

Noel !

A *Montejehan* l'ont amené,
Car envye avoient de le veoir.
De *Chalonne* n'ont approché
Pour tant qu'ilz sont marpalus.

A *Chasteau-Penne* s'est couché
Soubz l'umbre en la fouillée,
Et se tiendra à *Sainct-Hervé*.
Jusques à l'aultre année.

Noel !

Bon voir faisoit tabouriner,
Jehan Amiot de son flageau ;
C'estoit le meilleur ménestrier
Qui fust en trestout le troupeau.
A pied par faulte de chevau
Reprismes notre allée.
Prenons congé du doulx aigneau
Qui nous doint bonne année.

AMEN. Noel ! (1)

Marolles-les-Braux, 6 *novembre* 1873.

(1) Il est assez facile de reconnaître les principales localités qui font le véritable intérêt de ce Noël et dont la plupart sont ou étaient autrefois des paroisses de l'Anjou presque toutes voisines de la vallée de la Loire : Saint-Germain-des-Prés, le Loroux-Béconnais, Saint-Georges-sur-Loire, Rochefort-sur-Loire, Savenières, Chantocé, Epiré, Ingrandes, La Poissonnière, Montrevault, Denée, Montjean, Châteaupanne, etc. Saint-Hervé est un petit hameau avec une chapelle ruinée, annexe autrefois de Châteaupanne. Le Chesne-Fouillu était sans doute un lieu-dit spécifié par un de ces vieux chênes jadis en grande renommée ou même en vénération dans le pays. Une variante place au vers suivant *Chantourceau*. Quant au surnom de *Marpalu*, alors appliqué aux gens de Chalonnes-sur-Loire (que le manuscrit 24407 appelle Marparleurs, sans que la rime en soit améliorée), on peut consulter les écrivains locaux tels que Bruneau de Tartifume, etc., qui l'attribuent au caractère des habitants soi-disant impies, farouches, hostiles aux prêtres et à la dîme. Bodin les dit gratifiés du sobriquet analogue de *non croyans*, et donne une bien singulière explication de ce surnom de mauvais aloi. Voir *Recherches historiques sur l'Anjou, Angers et le Bas-Anjou*, 1823, in-8°, tome II, p. 285 et suiv.

NOELS DE FRÈRE SAMSON BEDOUIN

I

SUR : *Le bel Adonis* (1)

Robin.
Où es tu caché Colin?
Colin.
Qui es tu là qui m'appelles ?
Robin.
C'est ton compaignon Robin
Qui t'apporte des nouvelles.
Onc tu n'en ouyz de telles.
Colin.
Vrayment tu m'as resjouy
Tant que plus ne le puys estre;
Et pour mieulx en estre ouy,
Séons-ci en cest aistre
Et nous dys ce que peult estre.
Robin.
Je vis hier, en Bethléem,
Marie l'humble pucelle
De la lignée d'Abraham,
Alaictant de sa mamelle
Un beau fils qui est né d'elle.
Colin.
Il m'est advis qu'il y a
En ce cas de grands merveilles.
Robin.
Colin, mon amy, si a ;
Car il n'y a tache en elle,
Qui soit d'amour naturelle.

Colin.
Qu'est-ce-que tu dictz, Robin,
Cela pourroit-il bien estre?
Robin.
Et pourquoy, mon grand dabin ?
Dieu n'est-il aussi grand maistre
Et puissant qu'il souloit estre?
N'as-tu pas en souvenir
De la haulte prophétie,
Qu'avons ouy maintenir,
Que feist jadis Ysaye,
Prédisant l'enfant de vie ?
Colin.
Et par mon serment, ouy,
Serait-el bien accomplie ?
Robin.
Et je te respons qu'ouy.
Je l'ay veu le vray Messie
Entre les bras de Marie.
Colin.
Ne le dictz pas s'il n'est vray ;
Car je suis en fantaisye
D'aller voir le petit ray,
Et laisser ma bergerie
Et deust el estre périe.
Et dis où il est logé,
A il belle hostellerie ?

(1) Voir le Manuscrit de Jehan de Villegontier, f° 14. Ce noël se trouve dans le sixième Recueil du volume de Noëls gothiques de la Bibliothèque du Mans, sauf 37 vers, correspondant à un feuillet qui manque; il a été reproduit par Richelet, p. 19, sauf 37 vers remplacés par 15 autres qui constituent la grossière *fourrure* dont j'ai parlé.

Robin.

Hélas il est habergé
En estable mal bastie,
Où n'y a que vent et pluye.

Colin.

Voyre, mais est-il tout seul,
A il belle compaignie ?

Robin.

Reste ung pauvre asne et un beuf,
Je n'y veu que Marie
Et Joseph qui la festie.

Colin.

Que luy donras-tu, Robin,
A ceste vierge nourice.

Robin.

Je luy donray d'un boudin
Et d'une bonne saulcisse
Faictz au sel et à l'espice.
Et toy, Colin, il faudra
Que luy donne quelque chose.

Colin.

El aura ce qu'el vouldra,
Si je l'ay la noble rose
Par l'ame qu'en moy repose.
Je lui donrai mon tabour,
Mon flageolet, ma musette,
Et Margot, en bel atour,
Plein ung boisseau de noysette,
Pour jouer à la foussette.

Robin.

Va t'en donc veoir, Colinet,
Et laisse la bergerie.
Prie pour nous le naulet,
Aussi sa mère Marie,
Qu'ils gardent la compaignie

Colin et Robin.

Or chantons donc tous Noel
En l'honneur du fruict de vie.
Nau, noel, noel, noel,
Pour Jésus et pour Marie.
Or Dieu gard la compaignie.
AMEN. Noel !

II

SUR : *En nostre pays de Nuz* (1).

Chantons tous oz avant,
Peuple Cénomanicque,
Noel en cest avent,
Himnes, vers et cantiques
Au psalme davidicque,
Au nom de Jesu Christ
En la vierge pudicque
Conceu du Saint Esprit.

Au son du saint prophète
Nous, nous, nous irons.
En actendant la feste
Nau, nau, chanterons.

(1) Voir Ms., f° 44, verso. On sait que Samson Bedouin, aux dires de La Croix du Maine, « a composé plusieurs chansons et entre autres la *Réplique sur la chanson des Nuciens ou Nutois*, qui autrement sont appelés ceux de Nus, au bas pays du Maine, imprimées au Mans, par Hiérosme Olivier. » L'air sur leque se chante ce Noël est-il la chanson dont a voulu parler le bibliographe manceau ; ne serait-ce pas même ce Noël qui serait la Réplique aux Nuciens ? Le Noël VI se chante sur le même air. On voit combien était encore connu au XVIme siècle le pays de Nuz, correspondant à la forêt et aux déserts du Passais, où Saint-Fraimbaud s'était retiré au VIe siècle. (Voir Dom Piolin, *Histoire de l'Eglise du Mans*, t. I, p. 221.) Il en est, de même, question dans la XXIXe nouvelle de Bonaventure Despériers : « C'est ez en la ville de Maine-La-Juhée, au bas du

Ung précurseur discret,
En basse solitude
Qui vescut au desert,
Remply d'amaritude,
Mengeant locuste rude,
Estant au ventre enclos
D'Elisabeth la prude,
Luy donna gloire et loz.
Au son....

A sa nativité
Les anges descendirent,
Et leur divinité
Les pasteurs entendirent.
Trois roys présent lui firent
De mirrhe, or et encens,
Et puys Hérodes fuyrent
Par chemins condocens.
Au son....

Marie grand joye eut
A la saincte naissance
De son filz; mais receut
Douleur et déplaisance,
Quant par glaive et lance,
A milliers et à cens,
Furent par grand oultrance
Occis les innocens.
Au son....

Davant l'occision,
Ung ange vint reluyre
Joseph, par vision,
Dormant, qui luy vint dire:
« Droict en Egypte tire.
Hérodes, le félon,
Cherche à faire destruire
Le petit enfanczon. »
Au son....

Joseph homme constant
A la vierge prudente,
Luy dist incontinent,
Qui d'aller fut contente,
Voyant l'acte patente;
Print son enfant sans bruict
Où estoit son attente
Et partit en la nuict.
Au son....

Les déserts d'envyron
Passèrent ès contrée
De ville de Couëvron,
Et le mont de Vusrée,
Pleins de naige et gelée,
Tirant au Mont-Agu,
A Maienne-la-Juhée
Par les vaulx de Buliu.
Au son....

Trouver aulcunement
Ne peuvent par grand peine
Farine de fourment;
Mays seulement d'aveine,
Qui n'estoit chose saine,
Pour l'enfant tout divin.
Aussi n'eurent estraine
De boisson ne de vin,
Au son....

Les vaillans Nussiens
Gardèrent d'imperpère
Et des Egyptiens
Le fils avec sa mère
Et Joseph cuidé père,
Aux quelz honneur portoient,
Leur donnant bien à boyre
Des cildres qu'ilz avoient
Au son....

pays du Maine. C'est ès limites de ce bon pays de Nuz. » Le dernier éditeur de Despériers, M. Louis Lacour a préféré lire *pays de Cydnus!* Voir édition de la Bibliothèque Elzévirienne, tome II, p. 127. L'étymologie que La Monnoye donne bravement de Nuz « pays où des fiefs sont retenus en *nuesse*, *à nu, nuement* » est tout simplement un jeu d'esprit du genre de ceux de Ménage. — Sur les Coëvrons, Montaigu et les autres lieux cités dans ce noël, voir Verger, *Notice sur Jublains*, 2e édit., p. 106; M. l'abbé Gérault, *Notice sur Évron*, p. 231, 304; M. du Peyroux, *Les Alpes mancelles*, *passim*, etc. La chaîne des Coëvrons, Montaigu, les vaux de *Bulieu*, sont indiqués sur la carte de Jaillot, où j'ai vainement cherché le mont de Vusrée ou de Vuresée, comme on lit dans le Noël VIe.

Quant Jésus en ces lieux
Et conducteurs entrèrent,
Les idolles et dieux
De leurs places tumbèrent,
Et toutes se brisèrent,
Congnoissans leur seigneur,
Dont les plus grands tremblèrent
Et luy firent honneur.
Au son....

Quant Hérodes fut mort,
Par divine asseurance
L'ange leur dist ung mot.
Vindrent à leur naissance,
Portans obéissance
A Dieu leur créateur,
L'adorant en créance
Comme leur rédempteur.
Au son....

Prions le doulx Jésus,
De cueur pur, neit et munde,
Qu'il nous tire là sus
Au désert de ce monde :
Au bancquet nous semonde
Sur les quatre éléments,
Davant noz péchés munde
Par ses sainctz sacremens.

Au son du saint prophète
Nous, nous, nous irons,
En attendant la feste
Nau, nau, chanterons. Amen.

III

Sur la chanson : *Je m'en voys par le monde* (1).

Dieu par sa bonté munde,
Pour à l'homme servir,
Créa un nouveau monde,
Et pour luy déservir
A son semblant feit l'homme
De grâce tout parfaict.
Mays par le mords de pomme (*bis*)
Fut de péché infect.

Par l'oultraigeuse offense
Du premier père Adam,
Sa lignée et semence
Fut condampnée à dam,
Chassez de l'héritaige
Et lieux solatieux,
Retenuz en hostaige (*bis*)
Ez enfers ténébreux.

Sans le sang et baptesme
Du Saulveur Jesus Christ,
Adam et tout son proesme
A peine estoit prescript;
Car par la forfaicture
Et délict actuel
Tiroit sa géniture (*bis*)
Péché originel.

La vraye sapience,
Sans commutation
De la divine essence,
D'homme print l'union.
Dieu estant invisible,
Les clairs rayons monstra
Et apparut visible, (*bis*)
Ainsi que démonstra.

Une vierge impolue,
Non subjecte au meffaict
D'Adam, Dieu a esleue,
En la purgeant du faict.
Comme le soleil entre,
Au voirre par clarté,
Conceu fut au sainct ventre, (*bis*)
Où neuf moys l'a porté.

(1) Voir Ms., f° 90, verso ; ce noël se trouve dans le recueil imprimé par Hierôme Olivier, sauf le dernier couplet contenu dans un feuillet perdu.

A ceste heureuse couche
Toute la Trinité,
A qui ce faict attouche,
Là fut en unité :
Le Père par puissance,
L'Esprit par charité,
Et par obédience (bis)
Le Filz de vérité.

Le Filz, équal au Père
En la divinité,
Ne print en impropère
D'estre en l'humanité
Moindre en celle nature,
En laquelle endura
Pour nous mort aspre et dure, (bis)
Et tous nous jugera.

Faisons nostre prière,
Par dévote oraison
Au filz et à la mère
En tous temps et saison,
Qui nous donnent par grâce,
Procédant de l'enfant,
De les veoir face à face (bis)
Au throsne triumphant.

AMEN. Noel !

IV

SUR : *Une m'avoit promis que je seray receu* (1).

Jésus a mérité
Digne exaltation,
Par son humilité
Et résurrection,
Qui nous a retirez
Des enfers et bas lieux,
Avec luy attirez (bis)
Au royaulme des cieux

Dès sa nativité
Tout soudain mérita,
Impassibilité,
Néantmoins qu'endura,
Par martire très-grief,
Douleur et passion
Des pieds jusques au chief, (bis)
Pour la rédemption.

Le Dieu de vérité
Vainquit le faulx serpent
Par sa grand charité
Qui terre et ciel comprent.
En son sang précieulx
A lavé nos péchez,
Et faictz pernicieulx, (bis)
Dont estions empeschez.

Pour vaincre Sathan fier,
Luy qui fut immortel
Et nous justiffier,
S'est faict homme mortel.
Par le tourment de croix,
Fusmes de périr absoulz,
Ainsi que bien le croys, (bis)
Et noz péchez resoulz.

Jésus de grâce plain,
Par sa puissante main,
A donné tout à plain
De dons au genre humain,
Quant par sa grand bonté
A l'homme s'est rendu
Et au ciel hault monté (bis)
En terre descendu.

(1) Voir Ms., f° 92, verso ; ce noël se trouve dans les recueils de Gaignot, d'H. Olivier et en partie dans le recueil n° 6.

De tous fut ignoré
Être Dieu tout puissant,
Et de nul adoré,
Estant petit enfant,
Fors de Marie et Roys,
Qui luy firent présenz,
Par grands et beaulx arroyz, (*bis*)
D'or, de mirrhe et encens.

Sathan qui grince et mord,
Cuydant tous decepvoir,
Fut vaincu par sa mort
Et plus n'eut de pouvoir.
Prions donc de bon cueur
Dieu et son filz Jésus,
Chacun en soit vainqueur
Et les voyons là sus.

AMEN.

V

CHANT DE NOEL SUR LA CHANSON : *As-tu prins la hardiesse, ta maistresse* (1) ?

Chantons hymnes et canticques
Mellificques
Et nouveaulx chants de Noel,
Par voix qui vive foy monstre
Et démonstre
L'honneur de l'Emmanuel.

Dieu par sa bonté immense
Et clémence
Avoit faict l'homme immortel;
Mays par inobédience
Et offense
Luy mesme se feit mortel. (*bis*)

Ténèbres furent au monde,
Car immunde
Rendu fut par le forfaict
D'Adam nostre premier père.
Le vipère
Maling causa tout le faict. (*bis*)

Et la pauvre âme immortelle
Las fut telle
Alors, que n'eust plus d'espoir
Des cieulx avoir la jouissance,
Ny puissance
D'y aller par son pouvoir. (*bis*)

La trinité supernelle
Fut ignelle
Et en temps et jour préfix
Délibéra de remettre
Et transmettre
Le péché par son cher fils. (*bis*)

Les sainctz pères et prophètes
Manifestes
Prédirent l'advénement
Par les sainctes Escriptu
Et figures
Encloses misticquement.

Difficile estoit à lire
Et eslire
Le sens du vieil Testament;
Mais par la saincte Evangile,
Tant facile,
L'entendons tout clairement.

Les enfans d'Israel n'eurent,
Ni congneurent
Le seul Dieu en trinité.
Comme le congnoit l'église,
A sa guise,
Par effect en unité. (*bis.*)

(1) Voir Ms., f° 130; ce noël se trouve dans le recueil d'Hierôme Olivier.

Aulcuns des prophètes disrent
Et prédisrent
Que le Messie viendroit,
Le seul Filz du roy célique
Et unicque,
Qui la vie nous rendroit. (bis)

Après que la prophétie
Accomplie
Fut des prophètes jadis,
Jésus par obéissance
Print naissance
Et nous rendit paradis. (bis)

Supplions le qui remère
Et sa mère
Noz péchez presque infinitz,
Et que de nous ayt mémoire
En sa gloire,
Aux jours par luy définitz. (bis)
AMEN. Noel !

VI

SUR : *En neustre pays de Nuz* (1).

S'il eust pleu au bon Dieu
De prendre chair humaine
Au Mans en quelque lieu,
Les pastoureaulx du Maine
Fussent venuz de Maienne,
De Laval, de Sablé,
C'est chose bien certaine,
Du Loir et La Ferté.

Au son de saincte église
Nous, nous, nous irons,
En suivant la guise
Nau, nau chanterons.

De Lassay et Goron,
De Sillé et Charnie
De tout le pays d'Esvron,
De Champaigne et Conlye,
N'eussent failly mye,
De Fresnay, de Sonnoys ;
Beaumont, je vous affie,
L'eust dict aux Ballonnoys.
Au son....

Les pastoureaulx du Mans,
Par amour souveraine
Sur tous leur Dieu aymans,
Luy eussent faict estraine
Plaisante et fort humaine,
Chacun de son présent
D'estraine primeraine,
Comme eut esté décent.
Au son....

Les vaillans pastoureaulx
De Maienne-la-Juhée
Fussent par grands trouppeaux
Venuz veoir l'accouchée.
Ceuy du mont de Vuresée,
Ayans tous des sabotz,
Eussent à l'arrivée
Présenté gallebotz.
Au son....

Pastoureaulx de Laval
Fussent en peu d'espace
Venuz par mont et val,
Veoir la mère de grâce
Et de son filz la face,
Portant linceulx de lin
Et belle trippe grasse
Pour menger en chemyn.
Au son....

(1) Voir Ms., f° 132.

Pastoureaulx Champaignoys,
Par grand amour non vaine,
De fèvres et de poys
Eussent faict leur estraine,
Qui eussent à grand peine
Lors esté sans cossons ;
Porté aussi la laine
De leurs plus gros moutons.
Au son....

Pastoureaulx de Fresnay,
Sans qu'à leurs droicts déroge,
L'eussent tous estrené
De pain de seigle et d'orge,
Guynes de la Bazoge
Aussi à plains paniers,
Et du fer de leur forge
Poillon, potz et landiers.
Au son....

De Mamers et Sonnoys,
Sans demeurer arrière,
Leurs armes et harnoys
Eussent prins sans prière,
Et la canne petière
Tabourin et bedon,
Tant que de Garouffière (1)
On eust ouy le son.
Au son....

Pastoureaulx de Beaumont
Fussent sans toufferie,
Venuz par val et mont,
Et laissé plaidoierye,
Aussi leur tricherie,
Pour s'en venir au Mans
Conseiller sans faillye,
Pleitz et procès aymans (2)
Au son....

Les pasteurs Ballonnoys,
Passants les nuictz à boyre,
Après ceulx de Sonnoys,
Ainsi que debvons croyre,
Luy eussent rendu gloire
Et droict allé au Mans,
Comme ilz vont à la foire
Sur leurs chevaulx dormans.
Au son....

Pasteurs de Sainct-Kalez,
En la foy catholicque
Estans talez qualez,
Touteffois sans replicque
Eussent laissé bouticque,
Pour aller veoir l'enfant,
Usant de leur praticque
Tout en baillin baillant.
Au son....

De Sablé tous couvers
Fussent venuz de caiche,
D'aulnes et chesnes verds,
Pour en florir la craiche.
Chacun en sa bouvaiche
Des petitz coustillers
Eust eu une chevaiche,
Prinse à Courtillers.
Au son....

Ceulx de Chastau du Loir,
Pasteur et pastourelle,
Se fussent faict valloir,
Et porté, sans querelle,
Vin plus doulx que canelle
Et raisins cuictz bien meurs,
Aussi de la groiselle
De l'encloz de leurs meurs.
Au son....

(1) On nommait alors Garouffière le coteau situé à la porte du Mans, qu'on nomme communément aujourd'hui Gazonfière. Il faisait partie à cette époque de la commune de Sainte-Croix, qui en 1793, dut s'appeler *Montagne-Gazonfière*. C'est à ce lieu, alors presque entièrement planté de vignes, que Scarron a emprunté le nom d'un des personnages de son *Roman Comique*, M. de la Garouffière.

(2) On venait de loin consulter les avocats du Mans. Un contemporain de Samson Bedouin, Despériers (*Nouvelle XIV*) parle de l'un d'entre eux, La Roche-Thomas, renommé « tellement qu'on venoit bien à conseil jusques au Mans de l'Université d'Angers. »

Pasteurs de La Ferté
Eussent faict leur hommaige,
De cueur bien affecté,
De beurre et fourmaige.
Oyseaulx de tout plumaige
Pour vray eussent finez ;
Mays en peu de langaige
Se fussent mutinez.
Au son....

Pastoureaulx de Lassay
Et toutes adventures
Eussent faict leur essay
D'apporter des genieubres,
Pour faire couvertures
Roumarins et genetz
Ou du lait de leurs chèvres
Caudelée et binetz.
Au son....

Les pasteurs de Goron
Et de tout le bas Maine
Eussent en leur giron
Porté gaiche d'aveine
Et donné pour estraine
Galettes et tourteaulx,
D'affection humaine
Poulaines et piaulx.
Au son....

Pastoureaulx de Sillé,
Sans avoir faict grands mynes
Ni s'estre conseillé,
Eussent porté des sentines
Des plus meures et fines,
C'est un cas bien certain,
En disant ses matines
Avec uug desertain.
Au son....

Quant fussent tous au lieu
Venuz par voye et trace
Pour veoir le filz de Dieu
Et la mère de grâce,
Tous l'eussent en la place
Prié dévotement
De veoir sa claire face
Au jour du jugement.

Au son de saincte église
Nous, nous, nous irons,
En suivant la guise
Nau, nau, chanterons.
AMEN. Noel! (1)

VII

AULTRE NOEL SUR LA CHANSON : *Une fille portant pennier* (2).

A l'Incarnation
De nostre Roy et sire,
Chascune nation
Lors se faisoit escrire
Par l'édict et commandement. (*bis*)
De l'empereur injustement.

Cela nous figuroit,
Pour clairement le dire,
Que Jésus désiroit
Semblablement escrire,
Selon les doctes escripvans, (*bis*)
Les bons au livre des vivans.

Joseph en la cité
Aussi Marie allèrent,
Où il estoit cité;
Mais logeis ne trouvèrent,
Fors soubz ung rocher ou auvent, (*bis*)
Au froit, à la pluye et au vent.

(1) Ce noël, un des plus curieux de ce recueil, permettra de faire de nombreuses additions aux Dictionnaires de patois manceau du haut et du bas Maine de MM. R. de Montesson et Verger.
(2) Voir Ms., f° 136 ; se trouve dans Olivier et dans le recueil IV.

Alors l'heure approcha
De la digne portée
Que Marie accoucha,
Qui ne fut supportée
D'aulcuns, fors des pasteurs des champs,
Qui la louèrent en leur chants.

En Bethléem fut né
Jésus, je vous affye,
Comme il fut ordonné ;
Et le mot signifie
Bethléem est maison de pain :
Le vray pain fut-il pour certain.

Par signes apparens
Démonstra bien son estre
Et que chès ses parens
Il ne vouloit pas naistre
En bobans, et grand appareil,
Luy qui estoit le non pareil

La paix et accords maints
Avec Dieu et les anges
Furent faicts aux humains,
Qui lors estoient estranges
A la saincte nativité,
Où fut chascun humble invité.

Prions, pour tout refrain,
Jésus le roy céleste
Qu'en bon frument le feing
Tourne, comme l'ateste
L'évangile et tout sainct escript,
En nous donnant le sainct esprit.

VIII

Chant de Noel sur la chanson : *Petite beste* (1).

A ceste feste
Chantons chants armonieux ;
Le temps nous admoneste.

Pastoureaulx dévotieulx
Prenez esjouissance,
En louant le roy des cieulx
Par humble obéissance.
A ceste feste, etc.

Gentils pastoureaulx du Mans,
Par amour je vous prie,
Ne soyez ès lictz dormans,
Veillez sur la prairie.
A ceste feste....

Davant la nativité
De Dieu, tous noz ancestres
Furent en captivité
Détins en lieux terrestres.
A ceste feste....

Tous les prophètes jadis
N'avoient point espérance
D'entrer lors en paradis,
Comme avons la créance.
A ceste feste....

Pour nous oster tous de dam
Jésus a prins naissance,
Et de l'offence d'Adam
En a faict la vengeance.
A ceste feste....

Luy estant en trinité
La seconde personne
A prins nostre humanité
Et est nasqui au monde.
A ceste feste....

Le bon prophète Jouel
Avoit par prophétie
Prédict ce jour de Noel,
David et Esaye.
A ceste feste....

(1) Voir Ms., f° 187, verso ; se trouve dans Gaignot et en partie dans Olivier.

Sainct Jehan, qui les baptiza,
Aux pères et prophètes
Es limbes leur annonça
Par signes magnifestes.
A ceste feste....

En Judée et aultres partz
Annonça sa parolle.
Les juifs, fiers comme léopards,
La réputoient frivolle.
A ceste feste....

Pour nous donner saulvement,
Comme la loy relate,
Mourut angoisseusement
Soubz le Ponce Pilate.
A ceste feste....

Prions le dévotement
Que pardon il nous face,
Et au jour du jugement
Le voyons face à face.
A ceste feste,

Chantons chants armonieux
Le temps nous admoneste.

IX

Aultre cantique de Noel sur la chanson : *Has tu prins la hardiesse ta maistresse* (1).

Chantons tous d'une alliance
Par plaisance
Psalmes et chant de noel,
En rendant grâces bénignes
Et divines
Au Filz du Roy éternel,
Noel!

Dieu forma l'homme et la femme,
Sans diffame,
En innocence parfaictz,
Mais par le mords de la pomme
Femme et homme
Furent de péché infectz.
Noel!

Pour réparer ceste offence
Et deffence
N'envoya ange préfix,
Tant estoit le forfait grave
Et ignave,
Mais seullement son cher Filz.
Noel!

Quand voulut se condescendre
A descendre.
De son hault pallais royal,
Par spiration divine
Il s'encline
Au sainct ventre virginal.
Noel!

Luy qui contient la machine
Et domine
Du ciel, terre, mer et aer,
Dedens ung sainct habitacle,
Sans obstacle,
Y fut contenu tout clair.
Noel!

Le Sainct Esprit sans passaige
Feist l'ouvrage,
En ce sainct ventre obumbra :
Ensemble aussi Dieu le père
Obtempère,
Qui le faict tout opéra.
Noel!

(1) Voir Ms., f° 139; se trouve dans Gaiguot et dans le recueil de Richelet, p. 42

Ainsi que le soleil passe
Et ne casse
Les vitres par fraction,
Ainsi le Filz de Dieu entre
Au sainct ventre
Et sortit sans fraction.
Noel!

Il se monstra Dieu et homme,
Ainsi comme
Les mors vifz l'ont attesté,
Homme par géniture
De nature,
Car à mort mys a esté.
Noel!

Les Juifz remplis d'avarice
Et tout vice,
A leur puissance et povoir,
La mort de luy procurèrent
Et tirèrent
A leur liberté avoir.
Noel!

Nous et eulx ayons refuge
A luy, juge
Des humains au jugement,
Et que de nous ayt mémoire
Péremptoire
Au grant jour du jugement.
Noel!

X

Sur : *Gabeleurs d'Ingrande* (1).

Noel, puisque Dieu le com-
La nuict et le jour. [mande,]
L'Emanuel est né que l'on demande :

Chascun de nous y entende
Par fervent amour.

Messieurs du Mans, chascun luy face
La nuict et le jour, [offrende,]
Affin qu'honneur, gloire et los on luy
Chascun, etc. [rende.]

De Sainct Julian iront en belle bende,
La nuict et le jour,
Et luy feront révérence tres grande.
Chascun, etc.

De Sainct Vincent viendront sans qu'on
La nuict et le jour, [les mande,]
Portant bouquets de laurier et lavende.
Chascun, etc.

Sainct Pierre ira ou poyera grosse
La nuict et le jour, [amende,]
Et porteront à plains platz de viande.
Chascun, etc.

De Sainct Padvin bergère en houppe-
La nuict et le jour, [lande,]
Fera présent de toille de Hollande.
Chascun, etc.

Les Gourdaynoys, sans qu'à eux on
La nuict et le jour, [descende,]
Apporteront eaulx sans qu'on les attende.
Chascun, etc.

De Sainct Benoist par grand troppe
La nuict et le jour, [marchande,]
Luy offriront de leurs cuirs une bende.
Chascun, etc.

(1) Voir Ms., f° 140, verso; se trouve dans Gaignot, dans Olivier, et dans le recueil qui a été réimprimé à la suite des Noëls de Denisot.

Ceulx *de Saint Jehan*, en bende bien
La nuict et le jour, [friande,]
Porteront vin à plains potz de Garlande.
Chascun, etc.

Culturiens par faczon fort galande,
La nuict et le jour,
N'auront aulcuns biens que lors on
Chascun, etc. [n'estende.]

Sainct Nycolas ne fault que s'en deffende,
La nuict et le jour,
Mais portera la mauviz et calende.
Chascun, etc.

Les Pontlieuvoys chanteront par la
La nuict et le jour, [lande]
Si très, si fort que toute teste en fende.
Chascun, etc.

Venez trestous que le gibbet s'en pende,
La nuict et le jour,
A l'advenir et que chascun s'amende.
Chascun, etc.

Prions l'enfant qu'à nous se condescende,
La nuict et le jour,
Et soyons mis des saincts en la légende.

Chascun de nous y entende
Par fervent amour.

XI

Chant de Noel sur la chanson : *La musnière d'Avergnon* (1).

Quand pour la rédemption
Dieu print incarnation,
Pasteurs de la nation
De Syon
Furent advertiz par l'ange,
Ce que ne leur fut estrange.

L'un avoit leu en Joel
Et l'autre en Ezéchiel
Que le doux Emmanuel
A Noel
Descendroit du sainct concierge
Et nasquiroit d'une vierge.

Alors misdrent en leur clos
Bergers et gardes de los,
Sur peine d'estre forclos
De l'enclos,
Comme doibvent à leur guyse
Faire les prélatz d'église.

Les rayons furent luysans
De la lune et splendissans
Comme du soleil yssans,
Congnoissans
Leur Dieu, leur Seigneur et maistre,
Qui celle nuyct devoit naistre.

La vigne aussi d'Engady,
Dont chascun fut estourdy,
Ce jour envyron midy
A flory,
Et porté fruist de plaisance,
En vertu de la naissance.

Celle nuict les pastoureaulx
Laissèrent leurs logereaulx,
Brebis, vaches et taureaulx
Es préaulx
Et chantèrent hymnes, psalmes,
Vireletz, chansons et carmes.

(1) Voir Ms., f° 166; se trouve dans Olivier et dans le recueil IV.

A Dieu offrirent présens,
Tant pour eulx que les absens,
Des fruicts nouveaulx et récens,
Bien décens,
Dont luy fut chose agréable
Et à la mère acceptable.

Au retour alloient disans
De luy et prophétisans
Que sur tous enfans plaisans
Et puissans
N'avoient veu semblable au monde,
Ny mère tant pure et munde.

Oraisons feirent à Dieu
Et à sa mère en ce lieu,
Chascun protestant par veu,
A luy deu,
Le priant par sa clémence
Leur donner sa gloire immense.

Comme les bergers faisons,
Le priant par oraisons
Au temple et à noz maisons,
Et disons :
O Jésus regnant en gloire !
De tes servans ays mémoire !
AMEN. Noel !

XII

SUR : *Cricon, Cricquette* (1).

Le sainct jour de Noel,
Que nasquit l'Emanuel,
La nuict fut claire et parfaite.

Chantons sur l'herbette,
Verte et joliette,
Divine chanson.

Pastoureaulx estans au champs
Ouirent merveilleux chants,
Disant qu'au ciel paix est faicte.
Chantons....

Les anges donnoient à Dieu
L'honneur qui à luy est deu
Et loz à la pucelette.
Chantons....

Quant sceurent que Dieu fut né,
Chascun en fut estonné
D'ouir la chose complette.
Chantons....

Par l'instinct du Sainct Esprit
Allèrent veoir Jésu Christ
Et saluer la fillette.
Chantons....

Quant furent venuz au lieu,
Adorèrent le vray Dieu
D'affection pure et nette.
Chantons....

Chacun se print à chanter,
Les aultres à lamenter
De veoir Dieu sans maisonnette.
Chantons....

Les plus jeunes et plus vieulx
Disrent des motetz joyeux,
Il sembloit d'une psallette.
Chantons....

L'un, sans du chant dévier,
Dist à Hiérosme Olivier:
« *Imprime la chansonette.* »
Chantons....

(1) Voir Ms., f° 168; la fin se trouve dans Olivier.

Trois roys de religion
Vinrent de leur région,
Par l'instinct d'une comette.
Chantons....

Qui luy feirent beaulx présents
De myrre, d'or et d'encens,
Louans la Vierge discrette.
Chantons....

Par son sainct sang précieulx,
Nous feit héritiers des cieulx,
En faisant ce qu'il compette.
Chantons....

Prions le d'affection,
Où n'y ait deffection,
Qu'avec luy ès cieulx nous mette.

Chantons sur l'herbette,
Verte et joliette,
Divine chanson.

XIII

Sur : *La chanson de Gallande* (1).

L'ange nous dist que Dieu est né,
Pastoureaulx, qu'il soit estréné.
Allons le veoir, puisqu'il le mande,
D'une bande, d'une bande, d'une bande.

C'est ange cy est Gabriel,
Qui donne gloire à Dieu du ciel
En terre paix, ce que l'on demande,
D'une bande....

Chantons Noel en parc et lande
D'une bande, d'une bande, d'une bande.

Laissons nos bestes es parcquetz,
Portons des dons à plains pacquetz,
Chascun luy face son offrande
D'une bande....
Chantons Noel en parc et lande.

Je luy donneray sans clamour
Mon affection et amour,
Or faisons tous ce qu'il commande.
Etc.

Maulgré les envieulx cruaulx
Nous chanterons chants nouveaulx,
Affin que grâces on luy rende.
Etc.

Sanson un noel nous fera,
Denys Gaignot l'imprimera,
Nous en anrons mès que il les vende.
Etc.

Musquin pourvoira du banquet
Et Magdelaine d'un boucquet
De roses, muguet et lavende.
Etc.

Jehan Pastiz n'y sera absent,
Mays portera son beau présent,
Il sera bon mès qu'il s'amende (1).
Etc.

Dieu nous avoit faictz et formez,
Par péché fusmes defformez
Et mis à peine et doulleur grande.
Etc.

Prions Jésus qu'au ciel là sus,
Dont nous sommes trestous yssus,
Allons et sa grâce y étende,
D'une bande, d'une bande, d'une bande

Amen.

(1) Voir Ms., f° 169, verso.

(1) Il est souvent question de Jean Pastiz dans les Noëls de Bedouin. On retrouve ce personnage

XIV

Sur : *Ce qui m'est deu et ordonné* (1).

Levans nos cueurs au Dieu du ciel,
Manceaulx, prenons esjouissance
Par l'advent de l'Emmanuel,
Dont en avons la cognoissance,
Aussi du lieu de sa naissance
Et comme en terre habita,
Vainquit la mort par sa puissance
Et le tiers jours ressuscita.

Ceste saincte nativité
Les anges du ciel annuncèrent
Aux pastoureaulx de la cité,
Qui promptement tous y allèrent,
Es herbaiges brebiz laissèrent,
Moutons, chevrettes et aigneaulx
Et ensemble tous l'adorèrent,
En luy offrant de beaulx joyaulx.

Les élémens ont tous congneu
Ceste saincte et digne naissance.
Le firmament en fut esmeu,
La terre, par grand démonstrance,
Produict fleur et fruict de plaisance.
La mer fut calme et ses ruisseaulx.
Les bestes qui n'ont souvenance
Le congneurent et les oyseaulx.

De Dieu, il fut préordonné
Devant le ciel, la terre et monde
Et à la fin à nous donné,
Pour pun.r le péché immunde.
Luy qui estoit neit, pur et munde,
Comme Dieu par son père immortel,
Par grâce qui de luy redonde,
Pour nous s'est faict homme mortel.

Manceaulx dévots soyons records,
Par charité vers nous expresse
Comme nous a baillé son corps
Et baille encor soubz ceste espèce
De pain, car la foy nous compresse
Croire, que luy qui tout contient
Contenu y est sans presse,
Comme saincte église le tient.

Prions Jésus dévotement
Et sa digne mère de grâce
Qu'à la mort et au jugement
De noz péchez pardon nons face
Et notamment tous les efface,
Tant que purgez soyons et sains,
Et dignes de le veoir en face
En paradis avec les sainctz.

Amen.

dans un des noëls imprimés par Denys Gaignot, le noël sur le Gringuelot. Parmi ceux qui viennent visiter le nouveau-né on cite comme donnant des présents :

....Jacotin
Ung gras boudin,
Macé Croppière,
Sa pannetière
Et *Jehan Pastis*,
Des poys hastifz.

Ce noël, d'une robuste jovialité, ne serait-il pas encore de Samson Bedouin, dont Jehan de Villegontier n'a sans doute pas recueilli tous les noëls?

(1) Voir Ms., f° 71, verso; se trouve dans le recueil réimprimé avec les Noëls de Denisot.

XV

Chant de Noel sur la chanson : *Pourtant si je suys brunette, n'ai-je pas un bel amy* (1) ?

Pastoureaulx, chascun s'esgoye :
L'ange nous a dict aussi
Que gloire, paix et grand joye
Sont au ciel, en terre aussi.

Rendons grâce et honneur
A nostre souverain Seigneur.

Les diables vollans s'en vollent,
Faisans merveilleux huttin,
Tous ensemble se désolent,
Perdu ont tout leur butin.
Rendons....

Jehan Pastiz, qui beiche et houe
Par ennuy et grand ahan,
En a prins un par la queue,
Je croy que c'estoit Sathan.
Rendons....

Ce voyant, sans mocquerie,
Alors Hierosme Olivier
Et son père Faveric
Ny voulurent obvier.
Rendons....

Nous laissasmes noz chevrettes
Avec leurs petitz chevreaulx,
Nos moutons et brebiettes
Par campaignes et préaulx.
Rendons....

Sanson nous fist un canticque,
Que chantasmes de cueur fin,
Par voix vive et authenticque,
Sans cesser, tout le chemin.
Rendons....

Tenoit Desprez sa bousine,
Et print son beau hallecret,
Nous prépara la cuisine
Et de pommes un bancquet.
Rendons....

Nous prinsmes par les campaignes,
Point ne le fault renonczer,
Nos compaignons et compaignes,
Pour la vérité noncer.
Rendons....

Quand au lieu nous arrivasmes,
A dancer et rigoller
Tous ensemble commansasmes
Et à l'enfant accoller.
Rendons....

Le priasmes et sa mére,
Par privilaige et pardon,
Nous garder de mort amère
Et faire à trestous pardon.
Rendons grâces et honneurs
A nostre souverain Seigneur.

(1) Voir Ms., f° 173.

XVI

CHANT DE NOEL SUR LA CHANSON :

Faut-il que mette en escript,
Faut-il qu'à tous je révèle
La douleur de mon amy
Et sa cruaulté nouvelle ! (1)

Par l'œuvre du Sainct Esprit,
Marie vierge et pucelle
Conceut le doulx Jésu Christ.
L'ange en porta la nouvelle. (*bis*)

Terre et mer et paradis
En rendirent à Dieu gloire ;
Mays lors les espritz mauldictz
En commencèrent à brayre. (*bis*)

Murmure fut en enfer,
Chappitre tindrent les diables
Et lièrent Lucifer,
Jectant cris espouvantables. (*bis*)

Léviathan s'arracha
Quasi lez yeulx de la teste
Et par le monde chercha
Pour faire à l'enfant moleste. (*bis*)

Vers Herodes il alla,
Le voyant des roys le pire,
Pour pensant bien par cela
Jesus entre aultres occire. (*bis*)

Longtemps après le tenta,
L'incitant faire miracle ;
Mays Dieu tant le contenta
Qu'il cheut du hault d'un pinacle. (*bis*)

Par les juifs il procura
Le faire (comme feit) prendre,
Et en leur cueur demoura,
Tant qu'en croix l'eussent faict pendre. [*bis*]

Mays quant il ressuscita,
Les diables lors le congneurent ;
Car il les déshérita
Et de depuys povoir ilz n'eurent. (*bis*)

A son incarnation
Les pastoureaulx de Judée
Cogneurent sa nation
Par vive foy bien fondée. (*bis*)

L'ange leur bailla moyen
Par quoi souldain le trouvèrent
Et sa mère en Bethléem
Où humblement l'adorèrent. (*bis*)

Troys roys de religion
Et parfaicte congnoissance,
De loingtaine région,
Luy firent obeissance. (*bis*)

Tous les élémens du ciel
Et semblablement les anges,
Comme au roy célestiel,
Luy donnèrent grands louanges. (*bis*)

Prions luy dévotement,
Que par digne naissance,
Nous ayons au jugement
Du paradis jouissance. (*bis*)

AMEN.

(1) Voir Ms., f° 173.

XVII

CHANT DE NOEL SUR LA CHANSON :

L'autre hier je venoys de Rouen,
En m'esbattant je rencontre
Garsonnet parmy nos champs,
Il coupple à moy et moy à lui, etc. (1)

Un soir bien tard bergers estans
En leurs parquetz,
Veirent anges mieulx gringotans
Que perroquetz,
Disans ainsi :
Partez d'ici,
Sus, allez veoir
Et recepvoir
Le Dieu puissant.
Emmennenda jamais ne vy
Si bel enfant.

Nous commensasmes à troter
Par cy par là,
A dancer, rire et à chanter
Mi, fa, sol, la.
Tout sur le lieu
Dismes adieu
A nos troupeaulx,
En faisant sault
Et divisant,
Emmennenda....

Jehan Pastiz sonna haultement
D'un flageolet
Et de sa teste de jugement
Dist un couplet
D'une chanson
D'assez bon son ;
Michau Lauvré
Fut effaré
D'ouyr ce chant.
Emmennenda....

Un fin berger, tout nouvellet,
Nommé Sanson
Nous gringuelota un nolet
De sa fazon.
Denys Gaygnot,
Luy dist, mignot,
Si je l'avoys,
L'imprimerois
Tout sur le chant.
Emmennenda....

Nous ne cessasmes de dancer
Tout le chemyn,
Pas ne laissasmes à penser
En ce dauphin ;
Nos cœurs voltoient,
Presque brulloient,
Dedans noz corps,
Estans records
Du chant plaisant.
Emmennenda....

(1) Voir Ms., f° 178, verso ; se trouve dans Gaignot.

Quant arrivasmes proprement
En Bethéleem,
Nous allasmes mignonnement,
Par bon moyen,
Là où estoit,
Au vent et froid,
Soubz ung rocher,
Cest enfant cher,
Resplandissant.
Emmennenda....

Chascun luy donna de ses biens
Tels qu'ils estoient.
Joseph les mist avec les siens,
Qui peu montoient,
L'ung ung agneau,
L'autre ung tourteau,
Michau Colet
Son flageolet
Et du pain blanc.
Emmennenda....

Nous le priasmes humblement
A deux genoulx
En lui disant dévotement :
Pardonne nous,
O sainct Noel,
Coéternel
A ton Seigneur,
Gloire et honneur
Chascun t'offrant.
Emmennenda jamais ne vy
Si bel enfant.

XVIII

CHANT DE NOEL SUR LA CHANSON : *Perrot alloit au moulin* (1).

En cest advent de Noel
Aulcun ne soit destourné
De chanter chant solempnel,
Puys que le Saulveur est nay,
Le Fils de Dieu éternel.

Chantons ung chant derelo
Pour l'amour du dorelo.

Margot dist bien, mon guelot,
Par la foi as tu ouy
Le doulx chant de l'angelot?
Respond, il m'a resjouy.
Unc n'oay tel gringuelot.
Chantons....

Perrot esmeut les bergers
A prendre joye et soulas,
Par les parcs et les vergers
Tant courut qu'il fut las,
Encore dist aux estrangers
Chantons....

L'un alloit, l'autre venoit,
Comme font les poys au pot.
Lors pas garde on ne prenoit
De Margot ou de Phelippot;
Chacun son branle sonnoit.
Chantons....

Les anges en l'air estans
Leur donnèrent le jour pour nuict
Lesquels estoient escoutans
Sans moult clamour et bruit,
Fors qu'alloient gringuelotans.
Chantons....

1) Voir Ms., f° 186, verso.

Alors laissèrent leurs parcs,
Sans avoir crainte des loups,
Des lions ni léopards.
En Dieu se fyoient tretous,
Le louans par toutes parts.
Chantons....

Du prophete Ysaias
Avoient leu en un couplet
Que le temps du Messias
Estoit venu et complet;
Lors firent un ralias.
Chantons....

Quand arrivèrent au lieu
Et congneurent leur Seigneur,
L'adorèrent comme Dieu.
Lui rendant los et honneur,
Tant que mieulx ils n'eussent peu.
Chantons ...

Lors estoient soubz un rocher
Joseph Marie et l'enfant,
Lequel ils tenoient bien cher,
Estans à genoulx devant,
Qui n'avoient où le coucher.
Chantons....

Quant l'eurent glorifié
Ensemble tous à genoulx
Disrent : Or est déffié
Le Sathan contre tous nous
Et chascun fortifié.
Chantons ...

Chacun print congé de luy,
De Marie et de son espoux,
De peur de leur faire ennuy
Après maint et bon propos,
Luy priant : Soys nostre appuy.
Chantons....

APPENDICE

Voici encore, avant de finir, quelques renseignements sur le *pays de Nuz* dont il a été souvent question dans ces Noëls. Cette contrée qui, au VIe siècle, n'était qu'une vaste forêt, une profonde solitude où s'étaient retirés saint Fraimbault et saint Constantien, avait conservé jusqu'au XVIe siècle son aspect de sauvagerie, et était encore une terre aride et pauvre toute couverte de bois et de forêts. On peut dire du reste qu'elle a gardé son ancien aspect même jusqu'à nos jours; seulement les bois ont été essartés et ont disparu. Le *Désert* auquel Bedouin fait allusion et qui la limitait à l'est (Saint-Calais, Saint-Aubin, Saint-Mars-du-Désert, etc.) indique bien, rien que par son nom caractéristique, ce qu'étaient ces vastes solitudes. On trouve encore quelques données sur le caractère du pays de Nuz dans une plaquette imprimée en 1574, c'est-à-dire dix ans environ après la mort du moine de la Couture, et dont je dois l'indication à M. le Bibliothécaire de Laval, qui a bien voulu mettre obligeamment à ma disposition tout ce qu'il connaissait sur cette contrée. Voici le titre de l'ouvrage : « *La prinse du Comte de Montgommery dedans le chasteau de Donfron, par Monsieur de Matignon....., le jeudi XXVII de may, mil cinq cent soixante et quatorze*, à Paris... 1574. » On y lit après le récit de la prise de Domfront et du comte de Montgommery : « *à Donfron... les vivres estoient à assez bon compte, selon la saison du temps et commodité du lieu ; car la terre n'est de grand rapport, mais quasi stérile et comme approchant au païs de Nuz.* » Cette mention indique en outre jusqu'où ce pays s'étendait vers le nord. La Croix du Maine signale encore d'autres localités qui en faisaient partie, en parlant d'un auteur manceau de son temps « Hiérosme de la Vayrie, sieur dudit lieu et de la Vaudelle, au bas pays du Maine, appellé vulgairement le pays de Nuz ou *Nustrie*.» (La Vaudelle est un château entre Bais et Trans ; et la Vayrie, une terre au nord-est de Gorron.) En y joignant les indications de Despériers, de Bedouin, et celles des anciennes vies des saints de l'époque mérovingienne, on arrive assez facilement à délimiter cet ancien pays de Nuz ou de *Nustrie*, suivant le curieux synonyme révélé par La Croix du Maine.

Le Mans. — Typ. Ed. Monnoyer. — Juin 1874.

www.ingramcontent.com/pod-product-compliance
Ingram Content Group UK Ltd.
Pitfield, Milton Keynes, MK11 3LW, UK
UKHW020209200726
13856UKWH00004B/1285